Lily Zográfou

Beruf: *Pórni* [Hure]

Kurzgeschichten

Aus dem Griechischen übersetzt von Ralf Dreis

Verlag Edition AV

Beruf: Pórni [Hure]

CIP-Titelaufnahme der deutschen Bibliothek:
Zográfou, Lily
Beruf: Pórni [Hure]. Kurzgeschichten – Lily Zográfou
Aus dem Griechischen übersetzt von Ralf Dreis
Auflage 1. Tsd., Lich/ Hessen, Verlag Edition AV

ISBN 3-936049-71-8
ISBN 978-3-936049-71-8

Umschlagbild: Kóstas Delís und Bettina Krummeck

Die Arbeit des Übersetzers wurde vom Deutschen Übersetzerfonds e.V. gefördert.

Weiter dankt der Verlag Marianne Kirst und Philipp Bouska für die schnelle Hilfe bei der Bereitstellung der Lizenzgebühren.

© der Originalausgabe by Publications Alexandria – Athen 1994
Titel der griechischen Originalausgabe: *Epággelma: Pórni*
(ISBN 960-221-087-7)

© Copyright der deutschsprachigen Auflage – September 2006
by Verlag Edition AV, Lich / Hessen
1. Auflage 2006

Alle Rechte vorbehalten!

Ohne ausdrückliche Genehmigung des Verlages ist es nicht gestattet, das Buch oder Teile daraus auf fotomechanischem Weg (Fotokopie, Mikrokopie usw.) zu vervielfältigen oder in elektronische Systeme einzuspeichern, zu verarbeiten oder zu verbreiten.
Satz: AllesSelber KG / Frankfurt a.M.
Druck: Leibi / Neu-Ulm
Lektorat: Anouschka Wasner

Printed in Germany

ISBN 3-936049-71-8
ISBN 978-3-936049-71-8

Über die Schriftstellerin

Lily Zográfou wurde 1922 im Fischerdorf Milátos auf Kreta geboren. Schon als junge Frau lehnte sie sich gegen die herrschenden Moralvorstellungen und Verbote der überaus patriarchalisch geprägten Gesellschaft Kretas auf. Als Philologie-Studentin schloss sie sich im 2.Weltkrieg der antifaschistischen Befreiungsbewegung an und wurde 1943 von den deutschen Besatzern verhaftet und inhaftiert.

Nach der Beendigung des Studiums schrieb sie einige Zeit für wechselnde Literaturzeitschriften. 1949 erschien ihr erstes Buch *Agápi* (Liebe), eine Sammlung von Kurzgeschichten. In der Folge arbeitete sie als Journalistin und reiste mehrere Jahre durch Ost- und Mitteleuropa. Mit einer Abhandlung über den Schriftsteller Níkos Kazantzákis gelang ihr 1959 der Durchbruch.

Ein wichtiges, immer wiederkehrendes Thema ihres Werkes ist der Kampf der Frau für Selbstbestimmung, Freiheit und Unabhängigkeit.

Obwohl sie eine der erfolgreichsten - und umstrittensten - zeitgenössischen Schriftstellerinnen Griechenlands war, wurde bisher nur ihr letzter, 1994 erschienener Roman *I agápi árgise mia méra* (deutscher Titel: Die Frauen der Familie Ftenoudos) in Deutschland veröffentlicht. Wir beabsichtigen, dies in den kommenden Jahren zu ändern. Das vorliegende Buch erschien erstmals 1978 mit dem Titel *Epággelma: Pórni* (Beruf: Hure) und hat in Griechenland mittlerweile die 40ste Auflage erreicht.

Lily Zográfou veröffentlichte in ihrem bis zuletzt unangepassten Leben 24 Romane, Theaterstücke, Novellen und Essays, gebar eine Tochter, erlebte große Lieben, war drei Mal verheiratet, unternahm drei Selbstmordversuche und starb, 76-jährig, am 2. Oktober 1998 in Iráklion (Kreta).

Vorbemerkung des Übersetzers

Da die Handlung dieses Buches in Griechenland spielt und von Griechen und Griechinnen getragen wird, sind die Namen der vorkommenden Personen, Städte und Stadtteile mit griechischer Betonung wiedergegeben. Aus dem gleichen Grund werden die männlichen Vornamen in der Anredeform gebeugt. Es entfällt hierbei das Finale „s".

Bei Namen, Städtenamen und Regionen, die dem deutschen Publikum bereits vertraut bzw. in deutschen Wörterbüchern zu finden sind, wurde die im Deutschen eingebürgerte Umschrift beibehalten.

Ralf Dreis

Inhalt

Vorwarnung 9

Über die Junta

Beruf: Hure 13
Der Schrecken 31
Lebensgefahr 45

Über die Einsamkeit

Einsamkeit Eins 73
Einsamkeit Zwei 75
Einsamkeit Drei 79
Einsamkeit Vier 85

Über die Zärtlichkeit

Theodoúla, adieu 95
In der vierzehnten Hütte, der von Maria und Stávros 105
Eine Frau 113
Gilda 119

Nachwort zur Erstausgabe von 1978 129

Anmerkungen 133

VORWARNUNG: Mir liegt nichts an Ausdruck, Stil, Literatur. Ich schreibe keine Erzählungen. Ich lege Zeugnis ab über die Zeit, in der ich lebe. Alles, was ich niederschreibe, ist geschehen. Entweder mir oder anderen. Jahre schon verausgabe ich mich damit, alles und jeden zu beobachten. Das Leben dringt in mich ein, durchdringt mich mit seiner Hässlichkeit, erfüllt mich mit Wut über seine Ungerechtigkeit, sein organisiertes Unrecht, demütigt mich mit meiner Unfähigkeit, mich zu widersetzen, mich wirksam zu erheben, mich gegen unsere ständige Erniedrigung zu verteidigen. Wäre ich noch einmal zwanzig, würde ich von den Berggipfeln herab beginnen, als Partisanin, Räuberin, Piratin, würde denen die Augen öffnen, die sich ohne Protest in ihr Schicksal ergeben, wie auch denen, die sich blind stellen. Nein, meine Revolution würde sich nicht gegen das Establishment und sein System richten, sondern gegen all jene, die es ertragen. Ich würde das geistige Elend zerschlagen, die Unterwerfung, die Anspruchslosigkeit. So oder so ist auf der Erde kein Platz für noch mehr Erniedrigte und Verachtete. Ebenso wenig wie sie weitere Marktschreier für Revolutionsschablonen verträgt. Das Leben ist letztendlich viel zu unmenschlich geworden, um es in Schemata zu fassen, es gehört uns nicht einmal mehr, so wenig wie uns sonst etwas gehört, angefangen von der Erde, die wir bewohnen, bis hin zu uns selbst. Da uns jeder niederträchtige Emporkömmling an einen Stuhl fesseln kann, auf eine Bank oder ein Bett, um uns zu bespucken, uns auszupeitschen, uns zu vergewaltigen.

Die zügellose Staatsmacht kultiviert vorsätzlich die Skrupellosigkeit, die Barbarei, das Chaos und untergräbt den Respekt vor der menschlichen Persönlichkeit. Nichts, was nicht ausgebeutet wird, angefangen vom „Generationskonflikt", der die Menschen einander entfremdet und so die künftigen Kinder-Spitzel eines Hitler heranzieht, bis hin zur Abschaffung der Familie. Der Mensch kommt unter den Hammer. Damit die Staatsmacht auf keinerlei Widerstand stößt und morgen auch noch die Heimat zum freien Verkauf anbieten kann. So war Papadópoulos[1] auch ein Test im europäischen Raum, durchgeführt ganz in der Logik eines Systems tausender Experimente, die in jedem Winkel des Planeten stattfinden. Das Rezept ist mittlerweile überall gleich: Wenn sich ein Volk gegen seinen Herrscher, den Vertreter des kapitalistischen Systems, erhebt, dann sucht man irgendeinen Schurken und beauftragt ihn damit, diesem Volk die Handschellen anzulegen. Und lässt es sich selbst erniedrigen. Das Wahrscheinlichste ist, dass es sich daran gewöhnt und dreißig bis vierzig Jahre außer Gefecht gesetzt vor sich hinvegetiert, wie es in Spanien und Portugal der Fall war. Weil sich jedoch die Zeiten geändert haben, läuft heute alles etwas schneller ab, das Rezept wurde modifiziert. Man nimmt dem Schurken die Schlüssel ab, gibt sie dem alten Herrscher und schickt ihn, die Handschellen zu öffnen. Das Volk wird ihm die Hände küssen, ihn als seinen Befreier ansehen. Aus diesem Grund sollten wir, die aktuellen Versuchskaninchen, ab jetzt immer die Zeitangabe „v.J.", „vor Machtergreifung der Junta" und „n.J.", „nach Machtergreifung der Junta" benutzen. Denn das Experiment ist geglückt und das dürfen wir nicht einen Augenblick vergessen. Griechenland prostituiert sich, bewusst und unbewusst. Und niemand ist unschuldig. Niemand ohne Verantwortung.

Oktober 1978 n.J.

Über die Junta

Für den Psychiater
Ar. Vareltzídis

Beruf: Hure

Athen, den 2. Oktober 1972 n.J.

Hanna, meine Liebe!

Der Traum, uns zu treffen, ist unwiderruflich ausgeträumt. Ich habe keinerlei Hoffnung mehr ausreisen zu dürfen. Unsere geliebte Junta stellt mir keinen Reisepass aus. Fang jetzt nicht an herumzunörgeln, von wegen ich hätte nicht alles versucht, sei verschroben und wüsste mich nicht anständig zu benehmen usw. usf. Ich habe wirklich Himmel und Hölle in Bewegung gesetzt. Und alles, um dir einen Gefallen zu tun. Oder besser, aus meinem Verlangen, dich wiederzusehen. Als ob ich bald sterben müsste[2]. Du weißt genau, dass ich mir geschworen hatte, nichts als so wichtig zu erachten, dass es mich zwingen könnte, mit der Junta in Kontakt zu kommen: vom Lebensunterhalt bis hin zur Auslandsreise. Und doch, um dich zu sehen, habe ich mich mit ihnen abgegeben. Und um dir das zu beweisen, füge ich Bescheinigungen bei, die bestätigen, dass die Junta sich natürlich geweigert hat, mir einen Reisepass auszustellen, für diese Weigerung jedoch teuer bezahlt hat. Denn trotz meiner Sehnsucht, bei dir zu sein, erlebte ich eben wegen dieser Sehnsucht drei einzigartige Tage der Freude in diesem verfluchten halben Jahrzehnt. Verzeih mir, aber letztendlich tut es mir kein bisschen leid, dass ich nicht in dein Jerusalem kommen werde. Im Gegenteil, ich habe drei Tage lang gelacht, mein Gott, was habe ich gelacht! Ich habe die Junta verarscht, habe ihr die Zunge herausgestreckt und, pass auf, die

Junta sah, wie ich mich frech totlachte, vor ihrer Nase, sie schnaubte vor Wut, doch sie war hilflos, stand mit dem Rücken zur Wand. Hätte sie ein Wort gesagt, ganz Griechenland wäre mit mir in Gelächter ausgebrochen.

Ach, über die Militärs kann ich mich nicht beklagen. Ich verdanke ihnen zwei unwiederbringliche Augenblicke meines Lebens. Der eine war, als ich nach siebzehn Jahren meinen Dienst beim Amt für Rekrutenregistrierung kündigte. Das hatte ich mir aufgehoben, um es dir zu erzählen, wenn wir uns träfen. Hast du dich jemals als Göttin gefühlt? Als allmächtige Göttin. Dass du die Erde mit riesigen Schritten durchmisst, dein Kopf bis ans Firmament reicht und erstrahlt vom Licht der Sterne, die er berührt? Als Göttin, wirklich! Das setzt voraus, deine eigene Bedeutungslosigkeit zu deiner Ausweglosigkeit zu werfen und über beide hinwegzusteigen. Es ist der gleiche Weg, Ausweg und Sackgasse. Vielleicht ahnst du es, aber solange du Verpflichtungen hast und Verantwortung anderen gegenüber trägst, riskierst du es nicht. Doch du vergisst es sogar dann noch, wenn du endlich die Verantwortung und die Menschen, die du beschützt hast, losgeworden bist. Auch mir ist das passiert. Mein Kind hatte geheiratet, ich jedoch hatte nicht begriffen, dass ich frei war. Das Leben im Pentagon - dem Griechischen Verteidigungsministerium - war zum Alptraum geworden. Selbstverständlich weil der Putsch vorbereitet wurde. Meine Niedergeschlagenheit steigerte sich mit der wachsenden Unterdrückung. Nicht einmal mehr auf die Toilette konnte ich gehen. Wie ein Schatten verfolgte mich ständig ein Typ von der Luftwaffe. Und blau machen wie früher, als du in die Filellínon Straße kamst und wir zu Loumídis Kaffee trinken und zum Einkaufsbummel sind, ohne dass ich jemanden informierte - nicht mal im Traum. Man musste eine schriftliche Genehmigung mit tausend Stempeln und genauer Zeitangabe mit Begründung für jede Abwesenheit haben. Ich war außer Gefecht gesetzt. Und eine fixe Idee verfolgte mich Tag für Tag, wenn ich um Zehn auf einen Kaffee in die „Kantine" in den achten Stock hinaufstieg. Ganz allein stand ich an die Brüstung der Dachterrasse gelehnt und schaute mir den Betrieb unten im Eingangsbereich an. Ameisen ohne Unterscheidungsmerkmale, alle gleich, eilten hin und her, erhielten und erteilten Befehle. Ihr ganzes Leben bestand aus Befehlen: gegeben von irgendwem, dessen Recht, seinem Untergebenen zu befehlen, ihm das Gefühl der Überlegenheit gab, und der von einem neuen Befehl, den er von einem ihm Höhergestellten erhielt, automatisch selbst zum Untergebenen degradiert wurde. Und mitten unter ihnen wir, die Zivilangestellten, phantastisches Futter für all diese hierarchisch durchorganisierten Ameisen, die ihre sadistischen Gelüste auslebten, indem sie uns schikanierten.

Und ich, dort oben, jeden Tag die gleichen Selbstgespräche führend: Ich halte es nicht mehr aus. Ich werde springen und mich von all diesen Demütigungen erlösen. Und ich bin feige, feige, dass ich es nicht tue. Bis ich eines Morgens, am 5. April 1967 v.J., mein trauriges Sandwich kauend zu mir sagte: Wenn ich den Mut habe, mir den Tod zu wünschen, warum finde ich dann nicht die Kraft, jetzt und für immer von hier zu verschwinden? Es gibt noch so vieles, was man vor einem unwiderrufbaren Tod ausprobieren kann. Und überhaupt! Der Tod läuft nicht weg …

Ich rannte die Treppe hinab in den sechsten Stock, in dem ich arbeitete, stürmte ins Büro, nahm meine Tasche und ging. Ich fühlte, wie meine Kollegen mir nachstarrten, entgeistert über meine Dreistigkeit zu gehen, ohne um die Erlaubnis des diensthabenden Offiziers zu bitten, der sie mir natürlich nicht gegeben hätte. Als ich im Erdgeschoss ankam, hörte ich den wachhabenden Soldaten mit dem Funkgerät in der Hand wiederholen: „Jawohl, Herr Hauptmann, ich gebe sofort den Befehl, jawohl, Herr Hauptmann … ist ohne Erlaubnis verboten." Ich stand hinter ihm, er sah mich nicht. Sofort wählte er eine Nummer. „Pforte? Hörst du mich? Da kommt gleich eine Angestellte … Zográfou … nein, Z o g r á f o u … ja. Die hat keinen Passierschein. Die darf auf keinen Fall das Gelände verlassen, hast du verstanden? Z o g r á f o u." Ich stieß die Tür des Aufzugs auf und ging an ihm vorbei. Ich schlenderte ganz gemächlich, noch ohne zu wissen, was ich tun würde. Der Rekrut an der Pforte, ein neu eingezogener, frisch geschorener Junge vom Dorf, versperrte mit seinem Körper und vorgehaltener Waffe das Gittertor.

- Wie heißen Sie?

- Greta Garbo, antwortete ich gelassen.
- Verzeihung, Sie können passieren, und er riss mir weit das Tor auf.

Das zweite komische Fiasko, das ich ihnen, indem ich sie mit Humor bekämpfte, bereitet habe, verdanken sie dir. Am Tag nach deinem Anruf, gelockt durch das von dir schon überwiesene Geld für mein Ticket und weil ich es dir versprochen hatte, machte ich mich sofort auf die Socken. Mein abgelaufener Reisepass, sechs idiotische Passfotos, und los ging`s zum Innenministerium. Ich füllte die Antragsformulare aus und gab sie am Schalter 2 ab. Das zuständige Fräulein überflog sie kurz und fragte ungläubig:
- Sind Sie Journalistin?
- Ich hoffe es.
- Dann benötigen Sie eine beglaubigte Bescheinigung.
- Für was?
- Dass Sie Journalistin sind.
- Entschuldigen Sie, Fräulein, aber das steht im abgelaufenen Pass.

Die Sachbearbeiterin, als hätte sie mich nicht gehört: „Holen Sie sich am Schalter nebenan ein Beglaubigungsformular, tragen Sie Ihren Beruf und Ihre neue Adresse ein und bringen Sie Ihre Papiere wieder zu mir."

Was sollte ich tun? Strikt das dir gegebene Versprechen einhaltend, mich wie eine gesetzestreue Bürgerin zu benehmen, ging ich artig zum Schalter nebenan, nahm das Formular, in dem stand, dass man zwei Jahre ins Gefängnis geht, wenn man falsche Angaben macht, trug meine Adresse ein, Deinokrátous 117, Beruf, Journalistin-Schriftstellerin, und erschien erneut vor meiner Sachbearbeiterin. Sie schnappte sich den Bogen, warf mir ein schneidendes „Warten Sie hier" zu und verschwand. Es fing an, mich zu frösteln. Sicher würde sie jetzt die Liste derjenigen durchgehen, denen das „Außer-Landes-Reisen" verboten war. Als sie zurückkam, gab sie mir eine neue Anweisung: „Gehen Sie in das Büro am Ende des Ganges rechts und sprechen Sie mit dem Abteilungsleiter."

Die Maschinerie lief an! Er erwartete mich auf und ab gehend, promenierend würde ich sagen, und da er mir wie ein Amtsdiener vorkam, fragte ich ihn, wo der Chef sei.

- Was wollen Sie?
- Den Abteilungsleiter.
- Steht vor Ihnen.

Eine halbe Portion von einem Männlein und mottenzerfressen. Abgenutzt seit seiner Geburt, ausgetrocknet von Jahren des Hungers jeglicher Art, eine einzige Trauergestalt. Einer von denen, die, in irgendeiner Behörde angestellt, von dem hölzernen Tisch bestimmt werden, an dem sie ein Leben lang sitzen, ohne je versetzt zu werden. Die bringen es irgendwann fertig, mit ihren eigenen Händen in irgendein Protokoll den eigenen Tod einzutragen, voll und ganz zufrieden mit ihrer „Karriere" und, allzeit, Todfeinde des Kommunismus. Unempfänglich für Ideale, aber auch unfähig, ihre Einsamkeit zu ertragen, verschreiben sie sich „laut Gesetz" der Vereinigung des Hasses und fühlen sich mit jenen verbunden, die alles verabscheuen, was von den wechselnden Regimes als illegal gebrandmarkt wird. Amtsdiener, Protokollanten, Pförtner, Haushälterinnen. Alle feuern, rauswerfen; die Junta jedoch gelangte bis zum Bodensatz und pfeift jetzt auf dem letzten Loch, wie es bei mir im Dorf heißt. Und so fand sich dieser Niemand plötzlich im Ledersessel eines entlassenen Abteilungsleiters sitzend, der sicher den Fehler hatte, über Fähigkeiten und noch sicherer über Selbstachtung zu verfügen. Und noch dazu lispelte das Männlein.

- Ssie ssind also Sournalisstin?
- Richtig.
- Und woher ssoll iss das wissen?
- Geehrter Herr, ich wäre eine schlechte Journalistin, wenn ich dem Irrtum unterliegen würde zu glauben, dass die Beamten dieses Landes Zeitungen, und zwar die aktuellen Tagespresse lesen.
- Iss kenne Ssie jedenfalls nist.
- Das macht nichts, Herr Abteilungsleiter. Mein alter Pass kann es ihnen schließlich bestätigen.
- Der ist ungültig.
- Er gilt nicht mehr für Reisen, ist aber nach wie vor ein offizielles staatliches Dokument.

- Das kann iss nist berücksistigen.

Langsam fing ich an zu kochen. Und obwohl ich den überwältigenden Wunsch in mir verspürte, ihm ins Gesicht zu spucken, versuchte ich ihn zu überzeugen.

- Und wer sind Sie, dass Sie das nicht berücksichtigen? Einfach so schaffen Sie kurzerhand die Vergangenheit von Griechenland, seine Geschichte und selbst die Tatsache unserer Geburt ab? Wenn Sie in Frage stellen, dass ich Journalistin bin, dann bezweifeln Sie wohl auch, dass ich geboren wurde. Hat dieser Reisepass, den Sie in der Hand halten, die Stempel Ihres Ministeriums und die von vier Auslandsreisen oder hat er sie nicht?

- Iss weiß nist, das reist mir nist. Iss will eine aktuelle Bestätigung.

- Von wem?

- Iss möste eine Beseinigung des Sournalisstenverbandes.

Volltreffer! Du, meine Liebe, verstehst die Bedeutung dieses Dialogs nicht, weil du keinen einzigen Tag unter der Junta in Griechenland gelebt hast. Die Herren, die sich heute in den Sattel der Macht geschwungen haben, sind alle weit unter dem Mittelmaß, das gemeinhin die Rechte charakterisiert, die uns seit über einem Jahrhundert regiert. Und damit meine ich nicht das griechische Mittelmaß, sondern das amerikanische. Mit einem Mangel an Phantasie, der das Barbarische charakterisiert, egal ob bei Völkern oder Individuen, also das Unmenschlichste, was du dir vorstellen kannst. Und wenn ich barbarisch sage, dann mache nicht den Fehler, an die Völker Afrikas und ihresgleichen zu denken, die in ihren wilden Urwäldern aus Baumstämmen Instrumente schnitzten und Saiten aus Pflanzenfasern herstellten, um die Natur und ihre Götter zu besingen. Barbarisch ist der Invasor, der schon seit zwei Jahrhunderten diese „niederen" Kulturen ausplündert, der Erde die Lobgesänge entreißt, dem Menschen die Ekstase nimmt und anstelle dessen Schornsteine und Mord pflanzt. Es wird Zeit, dass du aufhörst, an die Märchen des demokratischen Amerikas zu glauben, wo es der Liftboy bis zum Botschafter Purefoy[3] gebracht hat. Und das stimmt tatsächlich! Allerdings nicht auf Grund des demokratischen Systems. Sondern weil dieser Liftjunge seine Prüfung als skrupelloser Spitzel und Mörder bestand und a u s g e z e i c h n e t wurde. Und Untergebene ähnlicher Chefs sind diese Gestalten, die uns dieser menschliche Dreck, die Papadópoulos, Patakós[4] und wie sie alle heißen, jetzt hier vor die Nase gesetzt haben, um ihre Befehle an uns weiterzuleiten. Genau solche, wie dieser Abteilungsleiter im Innenministerium. Als sie den aus seinem muffigen Registrierungsbüro hervorgezogen haben, da kannst du sicher sein, hat er nichts davon gewusst, dass ein Regimewechsel stattgefunden hatte und wir eine Diktatur hatten. Der weiß sowieso nichts mit dem Leben anzufangen, wenn ihm nicht irgendein ordinärer Chef sagt, was er zu tun hat. Seine einzige Existenzberechtigung besteht in der Tatsache, dass dieser Chef ihm befiehlt. Mir wird befohlen, also bin ich.

Nein, ich übertreibe nicht. Ich schildere es dir. Wie ich da vor ihm stand, wie ich auf ihn angewiesen war, wie jede Pore meines Körpers Verachtung ausdünstete, und wie ich trotz all meines Beharrens spürte, dass alles, aber auch alles umsonst war. Denn beim Journalistenverband würde ich auf sein Abziehbild treffen. Eine Kopie der gleichen Ausreiseverbotsliste würde es auch in dessen Büro geben. Es ist jetzt zwei Jahre her, dass Giorgalás[5], dieser Zuhälter der Macht, der Zeitung, bei der ich arbeitete, die Anweisung gab, mich zu entlassen. Und Terzópoulos, der Chef, feuerte mich hochkant, indem er vor den Augen des anderen Stücks Scheiße, der Autorität der Linken, des Megakritikers der alten, vor der Junta erscheinenden „Avgí"[6], der mich dann ersetzte, herumbrüllte, dass er mich entlässt, weil ich ein Spitzel sei. Die Wände zitterten bei der Schreierei. Und die linke Autorität rieb sich lachend die Hände, als ich ihr meine Ecke frei räumte. Acht Tage zuvor war er aus der Verbannung zurückgekehrt und ich hatte ihn fest in die Arme geschlossen. Aber lass gut sein. Jetzt sollst du an meiner Euphorie teilhaben, und ich kann dir versichern, dass ich, nachdem mich dein Schubs in die kalten Fluten befördert hatte, alleine geschwommen bin. Ich ging also zum Journalistenverband. Hättest du sie gehört, du würdest glauben, na, jetzt verleihen sie mir gleich den griechischen Pulitzerpreis. „Aber was soll das heißen, Sie sind nicht registriert? Wer wird denn Ihre Identität als Journalistin in Frage stellen? Ausgerechnet Sie, wo Sie doch ganz Griechenland bewundert! Aber natürlich werden wir das für Sie regeln! Wenn Sie nur zuvor die Güte hätten, sich die Mühe zu machen, kurz an unsere Kasse zu gehen ... Sie wissen schon, eine reine Formalität."

Ich fange also an, Treppen hoch und runter zu steigen, betrete Büros, stehe an Kassen, höre mir Lobeshymnen, Exaltiertheiten und Dummheiten an. Einzig ein Ehrendenkmal haben sie mir nicht versprochen. Doch die Bescheinigung? Fehlanzeige. „Denn Sie müssen eine Bestätigung der Zeitschrift vorlegen, bei der Sie momentan arbeiten."

- Für welche Zeitung schreiben Sie gerade?
- Für keine.
- Das ist schade! Es tut uns ehrlich Leid, Frau Zográfou. Aber ohne diese Bescheinigung können wir Sie nicht registrieren.
- Ich bin seit 25 Jahren Journalistin und Sie können mir das nicht bestätigen?
- Wir nicht! Vielleicht beim Journalistenverband ...
- Wir nicht, wenn es die Kasse nicht bestätigt ...
- Wir nicht ...
- Aber hören Sie, die werden mir keinen Reisepass ausstellen ...
- Es ist doch nicht unbedingt nötig, dass Sie als Journalistin reisen. Wie wäre es, wenn Sie einfach einen anderen Beruf angäben?

Wie soll ich dir das jetzt erklären, meine Beste? Der Journalismus ist für mich kein Beruf. Der Gedanke, diesen Teil von mir zu verleugnen, hieße, mein eigenes Leben verleugnen, meine Geschichte, ja sogar die vor meiner Geburt. Weißt du, wie meine Mutter ihre Nächte verbrachte, als sie mit mir schwanger war? Nächtelang hielt sie neben dem Setzkasten die Petroleumlampe und leuchtete meinem Vater, der ganz alleine seine erste kleine alle zwei Wochen erscheinende Zeitung setzte, die er Artikel für Artikel selbst geschrieben hatte. Jetzt stell dir einen leidenschaftlichen Vater vor, gedemütigt durch die Kleinasiatische Katastrophe[7], zielstrebig wie alle Kreter, die mit Pathos nach ihren Träumen greifen - wenn sie etwas erträumen - und es mit aufwallendem Blut verwirklichen. Er glaubte, mit diesem Blatt Venizélos[8] und die Demokratie zu unterstützen, zu ihrem Flaggschiff zu werden. Und er hatte Erfolg.

Ich wuchs heran, mehr mit Druckerschwärze und demokratischen Parolen gefüttert, als mit Milch. Und nachts wurde ich vom keuchenden Rattern einer Druckmaschine in den Schlaf gewiegt. In meinen ersten Lebensjahren waren die Druckerpressen noch nicht automatisch. Seitlich an der Maschine befand sich ein großes Schwungrad. Im Zentrum des Rades eine Antriebswelle von siebzig Zentimetern Länge, mit Kurbel. Die Welle trieb das Rad natürlich nicht von alleine an. Ein Arbeiter, spezialisiert auf das Handwerk des Druckers, dauerhaft gebückt - so habe ich ihn zumindest erlebt -, drehte das Rad, indem er mit beiden Händen die Kurbel bediente. Nach jeweils anderthalb Umdrehungen spuckten die Walzen der Presse die einseitig bedruckten Seiten der Zeitung aus. Feucht und glänzend, unvergleichlich nach Papier und Druckerschwärze riechend. Was meinst du, warum ich Papier derartig liebe? Warum ich so bestrebt bin zu schreiben? Wegen der triumpherfüllten Augen meines Vaters, der mit heiliger Ehrfurcht „seine" Zeitung in den Händen hielt, die Titel und den Druck kontrollierend. Als ob es die „Times" wäre. Und wirklich, alles, was du erschaffst, gewinnt den Wert, das Gewicht und die Achtung, die du ihm entgegenbringst, während du damit beschäftigt bist. So gewahrte ich, wie viel Schufterei erforderlich ist, um auch nur die kleinste Anerkennung zu erfahren.

Ebenso wurde in meinem Innersten die soziale Gerechtigkeit entmystifiziert, wenn diese von Einzelpersonen abhängig und nicht gesetzlich verankert ist. Die ersten Eindrücke, die sich mir wie Finger ins Herz bohrten und es zeichneten, waren die von Manolákis, unserem Drucker, rabenschwarz von Druckerschwärze. Mein Vater kümmerte sich um ihn, kleidete ihn mit seinen abgelegten Sachen, gab ihm zu essen. Doch dafür drehte Manolákis die ganze Nacht das Schwungrad. Und auf diese Art druckten sie 3000 Blatt. Was Tausende gnadenloser Umdrehungen des eisernen Rades für den einseitigen Druck bedeuteten. Und noch einmal so viele für die Rückseite.

An den Sonntagen, wenn die Druckerei nicht arbeitete,

konnte ich nicht schlafen, da mir das Stöhnen der Maschine fehlte, um mich in den Schlaf zu wiegen. Ich wusste, dass Manolákis in diesen Stunden seinen kompletten Wochenlohn versoff und erst kam, wenn es schon Tag war, um auf einer Bank neben der Druckmaschine zu schlafen. Das war sein Bett, seine Familie, der Freund seines Lebens. Ich muss mittlerweile zwölf Jahre alt gewesen sein. Die alte Druckmaschine war durch eine halbautomatische, ohne Handantrieb ersetzt worden - der ganze Stolz meines Vaters -, als Manolákis eines Montags im Morgengrauen auf seiner Bank starb, verzweifelt darüber, dass ihn die Maschine überflüssig gemacht hatte.

Also nein, meine Liebe! Wie könnte ich mein Leben, meine Schätze verleugnen, zumal ich, die doch als bettelarm bekannt ist, heimlich reich bin, wie du siehst. Ich fühle mich wie eine Mundharmonika. Wenn du auf mir spielst, ertönen aus meinem Inneren all jene Klänge, die das Vierundzwanzig-Stunden-Werk einer jeden Ausgabe vollendeten. Vom Flüstern der Arbeiter, die von morgens an im Stehen die Zeitung setzten, ihre Neuigkeiten oder ihren Kummer austauschten, bis zum nächsten Morgengrauen, wenn sich die Rufe der zwei Zeitungsverkäufer über unsere ruhige Provinzstadt ausbreiteten: „Anórthosis" – „Wiederaufbau", so hieß das Blatt, und mit seiner Ausrufung und Verteilung endete jeden Morgen die Symphonie von Arbeit und Schöpfung. Und weil Iráklion den Südwinden weit offen steht, wehten diese mir oft die Stimme von Manoúsos, des einen der beiden Zeitungsverkäufer, in das sattgrüne Gärtchen, in dem ich aufwuchs: „Anórthosiiis!" Und auch er, meine Liebe, vergötterte sich selbst, dank seiner beruflichen Vollkommenheit. Denn am Tag des Heiligen Andreas, wenn alle Angestellten kamen, um meinem Vater zum Namenstag zu gratulieren, sagte er: „Das ist, Chef, sagen alle, wegen meiner Stimme. Mit so einer Stimme, sagen sie, wie Manoúsos sie hat, ist es doch selbstverständlich, dass die ‚Anórthosis' doppelt so viele Ausgaben wie die anderen verkauft."

Und jetzt verlangen sie von mir, mein ganzes Sein für null und nichtig zu erklären. Weil Giorgalás, dieser Hehler der Ideale, dieser Lakai der Lakaien, es nicht erträgt, dass es Menschen gibt, die mit ihren Artikeln die Widerstandsfähigkeit von Idealen beweisen. Nein, sag du es mir, welchen Beruf hätte ich angeben sollen, wenn ich mein Blut aus Druckerschwärze verleugne? Welchen Beruf?

Ach, und dann, liebe Freundin, dann, aus meiner Wut und Verzweiflung heraus, brach unverfälscht, frisch und unbezwingbar mein Humor hervor. Ich nahm die ausgefüllten Formulare, die mir der Herr Abteilungsleiter zurückgegeben hatte, damit ich sie ihm später wiederbringe, zusammen mit der Bescheinigung des Journalistenverbandes, die ich, wie er nur zu gut wusste, nie erhalten würde. Mit einer einfachen Linie strich ich die Angabe „Journalistin-Schriftstellerin" und schrieb darüber: „Hure - ohne Tabus". Das Gleiche tat ich in allen Papieren und auch im Beglaubigungsformular, natürlich „im Bewusstsein der gesetzlichen Konsequenzen ... mit Gefängnisstrafe, bei Falschangaben ...". Welch Glücksgefühle überschwemmten meine Eingeweide. In meinen Adern zirkulierte kein Blut mehr, sondern gurgelndes Lachen. Welch unbeschreibliches Gefühl der Erhabenheit gegenüber diesen gekauften Spitzeln, die vor Angst zitterten, du könntest das Misslichste angeben, weil du dich weigerst, deinen geistigen und moralischen Adel zu verleugnen, der in nichts anderem als übermenschlicher Anstrengung wurzelt. Ich dachte an die Sicherheitsbeamten des Ministeriums, wie sie verblüfft vor meinen Angaben sitzen, und ganz allein zu Hause musste ich laut loslachen. Glaub mir, nicht einmal mein Kind habe ich mit solcher Freude an die Brust gedrückt wie diesen Umschlag auf dem Weg zur Abgabe. Natürlich fotokopierte ich alles, bevor ich es aushändigte. In einem anderen Umschlag schicke ich dir alle Kopien zu.

Ich sprach wieder an Schalter 2 vor und überreichte die Papiere derselben Angestellten. Das Erste, was sie sah, war das mittlerweile um fünf Tage veraltete Datum, so lange hatte meine Rennerei gedauert. „Sie haben sich verspätet", sagte sie zu mir.

- Ja, antwortete ich sanft, sehen Sie, ich hatte einige kleine Probleme mit der Änderung meines Berufs. Jetzt erst bemerkte sie die Streichung und den Neueintrag. Ihre Augen traten hervor und sie brauchte einige Sekunden, um dann tonlos: „Gut, lassen Sie die Papiere hier", zu stammeln. „Wann bitte ist der Reisepass

fertig?", fragte ich sie mit unschuldiger Stimme.
- Morgen. Morgen an Schalter 3.
- Danke vielmals!

Wie ein Schulmädchen kichernd ging ich hinaus. Ich weiß nicht, ob du mich verstehst. Aber ab dem Moment, an dem ich mir diesen „Berufswechsel" überlegt und umgesetzt hatte, war ich - wenn auch nur vorläufig - befreit von meiner Angst vor der Junta. Jetzt war ich ein Problem für sie. Fünf volle Jahre haben sie mich gezwungen, ihre Last zu tragen. Jetzt saß ich oben. Fünf Jahre, in denen ich das Lachen verlernt hatte.

Draußen warteten Freunde auf mich, überzeugt davon, dass ich mich letztendlich nicht trauen würde, die Papiere einzureichen. „Lach nicht, morgen, wenn du aufwachst, wird vorm Haus die Polizeiwanne auf dich warten und zum Verhör in die Syngroú-Straße bringen." Augenblicklich stieg mir das Blut in den Kopf und mein Blick trübte sich. Aber instinktiv war ich mir sicher. Unmöglich, rief ich lachend. Das setzt Humor auf beiden Seiten voraus. Wenn aber die Junta über ein Minimum an Humor verfügte, wie könnte sie dann Diktatur sein?

Jetzt, da sie sich versichert hatten, dass die Papiere eingereicht worden waren, wollten alle eine Fotokopie. Die Neuigkeit ging von Mund zu Mund und wurde bis spät in die Nacht übers Telefon weitererzählt. Meine engsten Freunde begannen meine Verhaftung zu befürchten. Doch ich erwachte am Morgen wie eine Bürgerin Schwedens, so glückselig und sorgenlos - immer bezogen auf deren wirtschaftliche Situation - fühlte ich mich. Mit Sorgfalt, bürgerlich diskret, zog ich mich an. Kein Gedanke an Hosen natürlich. Klassischer Stil. Knielanger beiger Mantel, Stiefel, kaffeebraune Handschuhe und eine ruhige Gelassenheit. Ich ging direkt zu Schalter 3. Auf dem Tisch lagen ziemlich viele nagelneue Reisepässe und warteten auf ihre Empfänger. „Guten Morgen, Fräulein."
- Ja, bitte.
- Wären Sie so freundlich nachzusehen, ob der Pass auf den Namen Lily Zográfou fertig ist?

Als habe jemand auf sie geschossen, stieß die Sachbearbeiterin ihren Stuhl zurück. Sie brauchte einige Sekunden, um sich zu

vergewissern, dass ich sie nicht verletzt hatte. Und als würden wir einen Gangsterfilm drehen, stand sie auf, ohne mich aus den Augen zu lassen, als erwarte sie, dass ich über die Trennwand spränge. Irgendwann schaffte sie es zu stottern:
- Sind Sie die Dame ... persönlich?

Lustvoll wartete ich darauf, dass sie meinen Namen aussprach. Ich verstand nicht, warum sie es nicht schaffte.
- Sehr wohl, Fräulein, bestätigte ich ihr. Ist er fertig?
- Seien Sie doch so freundlich und gehen Sie zum Herrn Abteilungsleiter ...
- Aber, beharre ich unschuldig und mit göttlicher Ruhe, mir wurde gesagt, ich solle ihn bei Ihnen abholen.
- Richtig, ja richtig, aber kommen Sie doch bitte, meine Dame, hier entlang ... Sie verging fast vor Freundlichkeit und Diskretion. Während ich ihr folgte, dämmerte es mir, dass die in der Falle sitzende Sicherheitspolizei Anweisung gegeben hatte, darauf zu achten, mich nicht zu provozieren und das Thema so lautlos wie möglich vom Tisch zu bekommen.

Dieses Mal brachten sie mich in ein anderes Büro, in dem mich jedoch derselbe wurmstichige Abteilungsleiter erwartete, bekümmert, armselig und sitzend. „Herr Abteilungsleiter, Frau Zográfou", stellte mich das Fräulein vor. Er sprang auf. Doch dieses Mal ohne Großspurigkeit und unfähig mich anzusehen. Sein eingezogener Hühnerkopf verschwand fast komplett in seinem nicht vorhandenen Brustbein. „Würden Sie mir bitte Ihren Personalausweis geben?"
- Aber gerne, versicherte ich ihm mit zarter Stimme. Und beginne mit der Aufführung „Handschuh". Eine raffinierte Zeremonie, wie ich das feine, braune Ziegenleder Finger für Finger abstreife. Er wartet, stehend. An den Tischen rundum sitzen viele Angestellte, und trotz ihrer vorgetäuschten Geschäftigkeit herrscht eine phantastische, vollkommene Stille. Genau hinter dem Abteilungsleiter sitzt einer von ihnen, anscheinend ein Neuer, mit eindeutig verdächtigem Haarschnitt. Dich kennen wir doch, Jüngelchen, Sicherheitspolizei. Er tut so, als suche er etwas in seiner offenen Schublade. Er stellt ein Aufnahmegerät ein. Auch ich habe eines in meiner braunen Lederhandtasche, aller-

dings läuft es bereits. Als ich den Personalausweis heraushole, nutze ich die Gelegenheit und lasse sie offen. Und unser Gespräch wird aufgezeichnet. Ich schreibe dir hier die wortgetreue Wiedergabe der Kassette nieder. Der Abteilungsleiter, noch immer mit gesenktem Kopf, nimmt den Personalausweis, den ich ihm höchst feierlich überreiche. Er legt ihn neben meine geöffnete Akte auf seinen Schreibtisch.

- Das steht da nicht!
- Was, Herr Abteilungsleiter?, frage ich ruhig.
- Das steht da nicht.
- Was, mein Herr? Ich verstehe nicht.
- Dies hier, das steht da nicht … und er berührt mit seinem Finger den durchgestrichenen und neu eingetragenen Beruf. Mit frischer, volkstümlicher und begeistert klingender Stimme, damit mich auch das Tonband der Sicherheitspolizei aufnimmt, antworte ich, nachdem ich vermeintlich das gelesen habe, was er mir zeigt.

- Das „Hure", Herr Abteilungsleiter? Aber natürlich, der Personalausweis ist alt. Unsere alten Papiere berücksichtigen Sie doch so oder so nicht. Deshalb werden Sie mir neue ausstellen, mit meinem neuen Beruf. Sie müssen wissen, ich habe mir das gut überlegt. Wie Sie sehen, bin ich ja auch schon fünfzig Jahre alt. Als Sekretärin nimmt mich auf Grund meines Alters niemand mehr. Und auch im öffentlichen Dienst werde ich mit dem gleichen Argument nicht mehr eingestellt. Sie mustern mich als Journalistin aus. Also habe ich mir überlegt, Hure zu werden. Auch das ist ein freier Beruf und, was die Hauptsache ist, man kann ihn altersunabhängig ausüben. Da werde ich auch meine Sprachkenntnisse nutzen können, bei dem Tourismus, den wir haben …

- Aber das können Sie nicht …, stammelte er verloren.
- Was kann ich nicht, Herr Abteilungsleiter? Hure werden? Wollen Sie mir das jetzt auch noch verbieten?
- Ich? … Nein, ich nicht. Dennoch können Sie nicht …
- Was soll das heißen? Klar kann ich, Herr Abteilungsleiter! Finden Sie mich zu alt? Aber was soll ich sonst in meinem Alter machen, nachdem Sie mich als Journalistin entsorgt haben? Auch ich muss von irgendetwas leben, verstehen Sie?

- Aber ich kann nicht in den Reisepass schreiben …
- Warum nicht, Herr Abteilungsleiter, stellen Sie Huren keinen Pass aus?
- Nein, das geht nicht …
- Schlimm finde ich das! Entschuldigen Sie, aber das ist eine gesellschaftliche Ungerechtigkeit. Das heißt also, eine Frau darf nicht reisen, weil sie Hure ist? Das erscheint mir unlogisch.
- Tragen Sie einen anderen Beruf ein, wenn ich Ihnen den Reisepass ausstellen soll …
- Nie und nimmer! Ich werde natürlich für die Rechte meiner Branche kämpfen!
- Ihrer Branche?
- Na klar! In meinen Adern fließt Gewerkschafterblut, müssen Sie wissen. Auch wir haben das Recht auf einen Reisepass. (Du, Hanna, weißt natürlich genau, dass ich nie und nirgends organisiert war.)
- Schreiben Sie Haushaltshilfe.
- Haushaltshilfe? Das soll ein Beruf sein? Und wie soll ich meine Einnahmen rechtfertigen? Das habe ich nicht erwartet, Herr Abteilungsleiter, aus dem Mund eines höheren Verwaltungsbeamten die Anregung zu hören, ich solle den Staat betrügen.
- Aber das, was Sie da gewählt haben, soll ein Beruf sein?
- Wie, den kennen Sie nicht? Gut, es geht gerade noch an, dass Sie Journalisten nicht kennen, aber zu ignorieren, dass Griechenland voller Bordelle ist … um nicht zu sagen, dass es ein einziger Puff ist! Nicht zu glauben! (Während der ganzen Zeit und jedes Mal, wenn ich eine meiner Frechheiten losließ, steckten die anwesenden Beamten ihre Köpfe ein Stück tiefer in ihre Schubladen.)
- Ich weiß gar nichts …
- Mein Guter, wo leben Sie denn? Der Staat akzeptiert offiziell die Ausübung des Berufs und besteuert uns sogar. (Damals wusste ich nicht, dass dies nicht stimmte, auf jeden Fall verlor der Blindgänger endlich seine „angeordnete" Gelassenheit.)
- Iss kann so etwas nist in den Reisepass sreiben, schrie er. Sobald er sich aufregte, fing er wieder intensiv zu lispeln an.
- Wenn ich Hure werden kann, haben Sie da gar nichts zu sagen.

- Habe iss wohl. Weil Ssie das griesisse Königreis beleidigen, brüllte das Männlein jetzt.

- Sie, mein Herr, beleidigen die Huren, die arbeitende Frauen und Bürgerinnen dieses Staates sind, rief nun auch ich.

In diesem Moment mischte sich die Sachbearbeiterin von Schalter 3 ein, die die ganze Zeit kreidebleich neben ihm gestanden hatte. „Wir bitten Sie, Frau Zográfou, ändern Sie den Beruf, und wir werden Ihnen sofort, noch in diesem Augenblick, Ihren Reisepass ausstellen."

- Ich bin etwas ratlos, mein gutes Mädchen. Dieses Land hier ist voll von Huren, was beweist, dass auch der Beruf des Zuhälters boomt. Es ist unmöglich, dass noch nie eine von ihnen ins Ausland gereist ist! Sagen Sie mir, was schreiben Sie denen in den Pass?

- Das auf jeden Fall, das erwähnen wir nicht ... verstehen Sie, aus Gründen des Anstands! Normalerweise schreiben wir „Haushaltshilfe".

- Aha, jetzt kommen wir der Sache schon näher! Für Sie werde ich also weiterhin eine Hure sein, auch wenn ich „Haushaltshilfe" angebe. Und warum die ganze Heuchelei? Da es mir egal ist, warum mühen Sie sich so ab?

- Aber es geht nicht. Geben Sie irgendetwas anderes an, was immer Sie wollen, und Sie bekommen sofort einen Reisepass.

- In Ordnung, antwortete ich ruhig. Schreiben Sie Journalistin.

- Iss kann niiist, heulte der Abteilungsleiter auf.

- Dann bitte ich Sie, halten Sie mich nicht weiter auf. Und mischen Sie sich nicht in mein Leben ein. Außerdem sind Sie verpflichtet, das einzutragen, was ich offiziell und im Wissen um die rechtlichen Konsequenzen angebe: Beruf Hure.

(Du verstehst, dass ich angesichts ihres Entsetzens mittlerweile komplett übermütig geworden war.)

- Also, bringen wir's zu Ende, wiederholte ich.

- Gut! Geben Ssie mir die Beseinigung.

- Schon wieder eine Bescheinigung? Für was?

- Für das, was Ssie ssind.

- Hure?

- Genau.

- Tut mir leid, Herr Abteilungsleiter, aber ich fange gerade erst an, wie Sie wissen … und im Moment bin ich noch nicht angemeldet.

- Dann gehen Ssie sur Sittenpolissei und lassen sis eine Beseinigung ausstellen.

- Schön! Geben Sie mir meine Akte, damit ich sie Ihnen ausgefüllt zurückbringen kann.

Er reichte mir nur meinen alten Reisepass und klappte die Akte zu.

- Und der Rest?, fragte ich.

- Das ist alles schon protokolliert und somit Staatseigentum.

Und so bin ich der einzige Untertan dieses Landes, der es gewagt hat, einen Beruf anzugeben, der absolut im Einklang steht mit dem Regime dieses Puffs - dem Griechenland der christlichen Griechen[9]. Registriert mit den Daten 18-9-72 / 44 / 5077 / 26-9-72 / AEB / Reg.

Und ich küsse dich und muss immer noch lachen! - Lily

Der Schrecken

In dem hohen leeren Haus lebte sie einsam und verlassen - eine dicht besiedelte Frau. All die von Menschen erlittenen Erniedrigungen, all ihre Proteste, sowohl heimliche als auch offene, drangen als unüberschaubares Gewirr in sie ein. Ungerecht Behandelte, Mörder, Revolutionäre, billige Huren, Terroristen, Alte, Einsame, Verlassene, verratene Ideologen, sie alle lebten eingeschlossen in ihr, zusammen mit der Verachtung, den Flüchen, dem herzzerreißenden Flehen, den sinnlosen Erniedrigungen, mit wildem Stöhnen und stummen, verborgenen Tränen, alles drängte sich ungefragt in ihr. Wehrlos ausgeliefert sie selbst, einsamer noch als die Wüste, erinnerte sie älter werdend an den Stamm eines Baumes.

Nicht irgendeines Baumes. Sondern eines, der den „Marktplatz" eines jeden Dorfes beherrscht. In dessen Stamm die Geschichte eingeschrieben ist.

Früher, in der Zeit der Türkenherrschaft, spielte sich die Geschichte in seinen Ästen ab. An die wurden die Revolutionäre gehängt. Die Urteilsverkündung und das Datum der Hinrichtung wurden am Stamm angeschlagen. Die Tage vergingen und das Dekret blieb immer unangetastet, langsam ausbleichend, an die Rinde geheftet, bis schließlich nichts mehr auf dem Papier zu sehen war. Aber auch die Beschlagnahmung von Feldern, die Steuern und die natürlichen Todesfälle wurden dort angeschlagen und verblichen, als hätte die Rinde sie verdaut.

Die Freiheit ließ lange auf sich warten. Sie stand auf keinem

Papier. Die Freiheit nimmt man sich, man kann sie nicht anordnen. Doch anderes folgte. Kriegserklärungen, Mobilmachung, das Verbot, Waffen zu tragen, durch Diktatoren verhängte Freiheitsstrafen, die Aussetzung von Kopfgeld auf die Ergreifung der Verzweifelten des verlorenen Kampfes. Als „Räuber" wurden sie am Baum angeschlagen. Der Stamm alterte, die Rinde wurde faltig vom Wissen, das mit dem schmutzigen Spiel der Geschichte anwuchs, immer tiefer eindringend, genau so, wie im Gesicht der Frau.

Fünf volle Jahre, die ich in jener Gegend lebte, sah man in ihrem Gesicht die Geschehnisse der letzten Diktatur angeschlagen.

Sie bewegte sich immer in jenem verfluchten Dreieck aus ESA[1] – US-Botschaft – Lykabittós-Ringstraße, mit einem kurzbeinigen, kleinen Hund, bedrückend anzusehen in ihrer Trauerkleidung, mit ihren an einigen Stellen gänzlich ergrauten Haaren. Sie wohnte in dem alten Haus mit der schönen Marmortreppe. Morgens, mittags, abends ging sie mit dem Hund hinunter, immer gleich, missvergnügt, unwirsch, kaufte Zeitungen, Zigaretten, machte ihre Runde und verschwand wieder, immer schweigend, oben auf der Marmortreppe.

Die Spitzel, am Kiosk platziert, immer dieselben und immer „zufällig" dort, rieben sich zum Aufwärmen die durchgefrorenen Hände. Wenn sie sie näher kommen sahen, zwinkerten sie sich spöttisch zu, und sobald sie sich entfernte, spuckten sie zusammen mit ihrem Zahnstocher ein „alte Fotze" oder „Scheiß-Kommunistin" aus und holten einen neuen Zahnstocher aus der Tasche.

Jener herbstliche Mittag - im Oktober `73 n.J. - war so angenehm mild wie ein leichtes dezentes Kleid. Die Frau verlangte außer den Zeitungen auch ein Gasfeuerzeug. „Habe ich nicht, das findest du da unten, am anderen Kiosk, auf dem Mavílis-Platz." Sie dankte dem Kioskbesitzer und setzte ruhig ihren Weg fort. Bergab gehend sah sie den anderen Kiosk schon von weitem, überladen mit einem riesigen Angebot an Zeitungen, Kriminalromanen, in- und ausländischen Magazinen. Ein Kunde, der sich lebhaft mit dem unsichtbaren Kioskbesitzer unterhielt, machte

Platz, als sie näher kam. Sie beugte sich zu der winzigen Öffnung, die nicht von Zeitschriften verdeckt war.

- Würden Sie mir bitte ein Gasfeuerzeug geben …, sagte sie, bevor sie bemerkte, dass der Kiosk leer war. Hm, mit wem hatte sich denn, gestikulierend sogar, der vorherige Kunde unterhalten? Sie beugte sich weiter ins Innere des Kiosks.

- Ist niemand hier? Dann sah sie den Kioskbesitzer dicht neben sich stehen. Besser gesagt, sie hörte, wie er ihr ins Ohr schrie.

- Zieh Leine, du mit deinem Hund!

Er sah lächerlich aus. Rothaarig, einen halben Kopf kleiner als sie. Sie lächelte ihn an.

- Würden Sie mir bitte ein Gasfeuerzeug geben.
- Zieh ab mit dem Hund!

Ruhig und gelassen wiederholte sie:
- Geben Sie mir bitte ein Gasfeuerzeug.

Er brüllte ihr ins Ohr:
- Zieh Leine, sag ich dir, du und dein Drecksköter!

Sie war es leid, so leid! Und wo sollte sie nun ein Feuerzeug herbekommen? „Geben Sie mir das Feuerzeug und ich gehe", versicherte sie ihm ruhig. Nur das beschäftigte sie. Dass sie ein Feuerzeug brauchte und nirgends sonst in dieser Gegend eines bekommen konnte.

- Verschwinde! Hau ab, schrie der Kioskbesitzer jetzt hysterisch. Verdreck nicht den Bürgersteig mit deinem Scheißköter!

- Der Bürgersteig gehört uns allen. Nur der Kiosk gehört Ihnen. Geben Sie mir jetzt bitte das Feuerzeug.

- Verschwinde von meinem Bürgersteig, dröhnte seine Stimme über den ganzen Platz. Nimm deinen Hund hier weg. Verschwinde, sag ich dir, hau ab, ich sagte, hau ab … Die Frau sah, wie sich seine Hand erhob, und dachte nicht im Traum daran, dass diese Hand auf ihrem Weg nach unten mit solcher Wucht in ihr Gesicht klatschen würde. Wie ein Stein schlug sein Handgelenk auf ihren knöchrigen Kiefer. Ein durchdringendes Verlangen zusammenzubrechen überfiel sie. „Nein, nein, nein", hörte sie ganz deutlich den Befehl aus ihrem tiefsten Inneren. „Das verbiete ich dir." Sie packte seine noch in der Luft schwebende Hand und sah sich um. Die Eingänge der gegenüberliegenden Geschäfte waren seltsam voll, wie Logen, voll mit Menschen, die die Szene verfolgten.

- Was hast du getan?, zischte sie durch die Zähne. Der Rothaarige entriss ihr mit Gewalt seine Hand, die sie festgehalten hatte und verschwand hinter dem Kiosk. „Polizei, einen Polizisten", dachte sie, ohne zu bemerken, dass sie es laut sagte, während sie über den Platz lief und sich suchend nach einem Beamten umsah. Ihre Füße sanken ein, als liefe sie nicht auf Beton, sondern auf Sand. Immer gab es rund um die Botschaft eine Menge Polizisten. Wohin waren die jetzt alle verschwunden? „Geh weiter zum nächsten Kiosk", befahl sie sich selbst wieder. „Da ist ein Telefon."

- Kann ich bitte telefonieren? Sie wählte die „100". Überrascht vom aggressiven Pfeifen der Leitung schloss sie die Augen.

- Hallo, ich befinde mich auf dem Mavílis-Platz. Kommen Sie bitte. Jemand hat mich mitten auf der Straße geschlagen.

- Hat Sie angefahren? Mit einem Auto?

- Mich geohrfeigt. Ins Gesicht geschlagen.

- Kennen Sie denjenigen?

- Natürlich nicht!

- Und warum sollen wir dann noch kommen? Ich kann mir nicht vorstellen, dass er dort auf uns wartet, bis wir ihn festnehmen.

- Aber er ist nicht weg. Es ist der Kioskbesitzer, der Rothaarige, dort am Ende des Platzes! Wissen Sie?

- Der Rothaarige sagten Sie? Hm! Und was wollen Sie von uns ...? Wer sind Sie, wie heißen Sie?

- Das ist doch unwichtig, wie ich heiße. Wie dem auch sei. Sie nannte ihren Namen, gab als Beruf Journalistin an. Das Verhalten des Unbekannten änderte sich.

- Bleiben Sie dort, wir kommen.

Das innere Zittern wollte nicht aufhören. Sie hatte das Bedürfnis sich abzustützen und lehnte sich an einen Baum. Würde es lange dauern, bis die Polizei käme? Sie hatte keinerlei Kontakt mehr zu sich selbst. Sie sah sich, zusammengebrochen an den Wurzeln ihrer Eingeweide weinen. Sie selbst war irgendetwas anderes, mit einer vollkommen empfindungslosen Hülle, einem

Gebot unterworfen, das ihr immerzu unerbittlich aus ihrem Inneren erteilt wurde. „Du wirst hier bleiben. Du wirst deine Rechte verteidigen." Ihre Augen starrten über den Platz, nahmen jedoch nichts wahr. Sie funktionierte, wie leblos, ein Fotoapparat. Cliquen junger Leute, zwei, drei an jedem Tisch des Platzes, unterhielten sich desinteressiert. Sogar diejenigen, die direkt vor ihr saßen, beachteten sie nicht, ganz so, als würde sie nicht existieren. Die Menschenmenge, Geschäftsinhaber und Kunden vielleicht, die sich in den Eingängen versammelt hatte, war verschwunden. Da, einer, der sie ansah. Er saß alleine. Ein gut aussehender Mann, viel älter als die jungen Leute. Er beobachtete sie intensiv, ein Bein über das andere geschlagen. Ach, sie würde hier zusammenbrechen, auf dem eisigen Beton. Wie lange die Polizei braucht, wenn man sie ruft!

Da, endlich! Sie beobachtete wie der Wagen eine Runde um den Platz drehte und dann direkt vor dem Kiosk des Rothaarigen parkte. Lässig stieg ein Polizist aus. Der andere blieb am Steuer sitzen und zündete sich eine Zigarette an. Sie zwang sich, sich vom Baum zu lösen und loszugehen. Gleichzeitig mit dem Polizisten kam sie am Kiosk an. Kaum hatte der Rothaarige sie entdeckt, streckte er seinen Kopf aus der Öffnung - wie eine Karangiósis-Figur[2].

- Da, Herr Wachtmeister, diese Frau da hat mich geschlagen, rief er weinerlich und zeigte mit dem Finger auf sie.

- Was soll das heißen? Wieso hat sie dich geschlagen?

- Keine Ahnung, Herr Wachtmeister. Fragen Sie sie. Die kam hier her, blieb stehen und gab mir eine Ohrfeige.

Der Beamte fragte sie streng: „Warum haben Sie den Mann geschlagen?"

- Soll das ein Witz sein?, fragte sie mit absoluter Ruhe. Es ist ja wohl sehr unwahrscheinlich, dass ich ihn erst geschlagen und dann Sie angerufen habe.

- So, was soll denn sonst passiert sein?

- Genau das, was ich Ihnen am Telefon erzählt habe. Ich habe ihn nach einem Feuerzeug gefragt, und er verlies den Kiosk und schlug mir ins Gesicht.

- Also hast du die Dame geschlagen?

Der Rothaarige verneinte weinerlich.

- Glauben Sie ihr nicht. Ich arbeite, um mein täglich Brot zu verdienen, und tue niemandem etwas zu Leide.

- Dich kenne ich zur Genüge, ständig machst du Ärger. Gib mir mal deinen Ausweis.

- Aber warum, Herr Wachtmeister, was hab ich denn gemacht ...

- Sehen Sie, er weigert sich, mir seinen Ausweis zu geben, sagte der Polizist mit entschuldigendem Tonfall zu ihr gewandt. Los jetzt, gib mir deinen Ausweis!

- Ich, ich hab überhaupt nichts getan. Warum verlangen Sie nicht ihren Ausweis ...? Die hat ...

- Ja richtig, geben Sie mir kurz Ihren Ausweis.

- Den habe ich nicht dabei.

- Sie haben keinen Ausweis dabei?, fuhr der Polizist überrascht hoch.

- Warum sollte ich, Herr Wachtmeister? Ich bin nur kurz raus, um mir Zigaretten und Feuer vom Kiosk in der Nachbarschaft zu holen.

- Wissen Sie nicht, dass es verboten ist, ohne Ausweis das Haus zu verlassen, sagte er streng.

- Ist das jetzt wichtig?

- Ist das jetzt wichtig!, wunderte sich der Beamte. Sehr sogar. Woher soll ich wissen, wer Sie sind?

- Warum müssen Sie das wissen, Herr Wachtmeister. Ich mache eine Anzeige, weil dieser Unbekannte mich grundlos in aller Öffentlichkeit geschlagen hat. Warum kümmern Sie sich nicht darum?

- Was denken Sie denn, was ich machen soll, wenn ich nicht weiß, für wen ich etwas tue?

- Aber ich bin nicht Ihr Problem. Außerdem stehe ich hier direkt vor Ihnen. Und zeige eine bestimmte Person an. Warum bringen Sie uns nicht einfach zum Richter, der dann im Schnellverfahren[3] entscheiden kann?

- Auf, komm raus, wir gehen zum Gericht, sagte der Polizist so ruhig, als würde er ihn auffordern einen Café trinken zu gehen. Der Rothaarige fing wieder an zu zetern.

- Aber Herr Wachtmeister, was sagen Sie da? Ich kann doch

nicht den ganzen Kiosk mit all den Waren alleine lassen ... ich brauche Stunden, um das alles einzupacken.

Der Beamte sah vom Kiosk zur Frau. „So viel Zeug, wie soll er das jetzt alles einpacken?", bemerkte er zu ihr gewandt. „Zeitungen, Zeitschriften, abgesehen von den ganzen Büchern ... das werden an die 200 Stück sein ..."

- Da kommt diese Frau, fing der Rothaarige wieder an, schlägt mich windelweich, und jetzt wollen Sie mich vor Gericht zerren ...

- Sehen Sie, er besteht nach wie vor darauf, dass Sie ihn geschlagen haben!

- Und was für eine Bedeutung hat das? Ich bitte Sie, Herr Wachtmeister. Sollen wir jetzt hier stehen bleiben und über diesen ungehobelten Kerl diskutieren?

Ihr Kopf fühlte sich leer an. Er gab ihr keinerlei Anweisung. Konfrontiert mit der versöhnlichen Haltung des Polizisten, tauchte nur immer wieder ein Bild vor ihren Augen auf: Das eines seiner Kollegen, der sie so wild am Pelzkragen ihrer Jacke gerissen hatte, dass er ihn plötzlich in der Hand hielt, während sie mit Wucht auf die Straße gestürzt war, damals, während der ersten Belagerung der Juristischen Fakultät. Sollte es so unterschiedliche Bullen im Land geben? Ihre Schläfen pochten, als seien sie kurz vorm Zerplatzen. Ihr ganzer Schädel dröhnte, besonders dort, im hinteren Teil, als wären dort tausende von Tönen und einige klarer vernehmbare Stimmen, die protestierten, versammelt. „Glauben Sie ihr nur nicht ... aber sicher hat die Dame ihn geschlagen, Herr Wachtmeister ...!"

- Sei`s drum, hörte sie ihre Stimme sagen. Sie glauben also, dass ich ihn geschlagen habe? Dann bringen Sie uns jetzt zum Gericht, damit wir die Sache klären.

Der Polizeibeamte sah sie offensichtlich verlegen an.

- Warum stehen Sie noch hier, Herr Wachtmeister? Sind Sie ein Organ des Staates, oder sind Sie es nicht? Ich frage Sie, wie schützen Sie, die Polizei, einen Bürger, den irgendjemand Unbekanntes völlig ohne Grund schlägt?

„He, Mann, alles Lüge! Die hat ihn doch geschlagen ... hör nicht auf ihre Lügen, ich war hier, Herr Wachtmeister ..."

Wieder die Stimmen und das Dröhnen in ihrem Kopf und den Ohren. Ein Lärm, der immer mehr anschwoll und irgendjemand, der sie stieß. Nun drehte sie sich nach hinten um. Wo kamen all die Leute her? Sie sprach also nicht nur mit dem Polizisten? Um die dreißig junge Leute hatten einen Halbkreis um sie gebildet. Seltsame, unsympathische Gesichter, geschmacklose Masken, die lachten, dabei ihre dreckigen Münder aufrissen, einer immer die Worte des anderen wiederholend ... „Glaub ihr nicht Chef ... die hat ihn geschlagen, ich habe es mit meinen eigenen Augen gesehen ... stimmt`s nicht, Alte? War ich nicht hier, als du auf ihn eingeschlagen hast?" Schallendes Gelächter und gelbe Zähne.

Sie erstarrte. Ihr Blick wanderte stumm von einem zum andern, in dem Versuch, den Grund für diese geballte Feindseligkeit von Menschen zu finden, die sie nie zuvor getroffen hatte. Die Fratzen der Umstehenden klebten fast an ihrer stummen Verwirrung. Ermutigt durch ihr Schweigen beschuldigten sie sie lachend, immer und immer wieder. Mit ständig den gleichen ärmlichen, nichts sagenden Sätzen, so nichts sagend wie die Visagen. Und es wurden immer mehr, wie Würmer, die aus der Erde kriechen. Plötzlich tauchte zwischen ihnen ein Mann mittleren Alters auf, Typ Rentner, mit schmaler, fest gebundener Krawatte, Brille und rundlichem Gesicht. Er hob die Hand in ihre Richtung und starrte sie grimmig an. Die Frau warf ihren Kopf zurück, als fürchte sie, auch von ihm geschlagen zu werden.

- Sehr richtig, rief er, mit seinem Finger vor ihren Augen herumfuchtelnd. Dieser Mensch - er zeigte für einen Moment auf den Rothaarigen - war zu Recht verärgert. Und wir als Staatsbürger, wir alle müssen es ihm gleichtun und euch daran hindern, auf diese Weise unsere Gemeinde zu beschmutzen. Euch alle mit euren Hunden. Hier! Der Hund uriniert auf diese Zeitungen und ich, nichts Böses ahnend, erwerbe sie und trage so todbringende Mikroben in mein Haus und zu den Meinen.

- Was wollen Sie denn?, fragte ihn die Frau. Sie waren doch überhaupt nicht hier auf dem Platz während des Vorfalls.

- Ich muss nicht vor Ort sein, um zu verstehen. Ich weiß dennoch, dass jener junge Mann Sie nicht geschlagen hat. Er hat

Sie lediglich weggestoßen. Ich wurde soeben von diesen jungen Menschen hier darüber informiert. Und er hat recht daran getan.

- Ach was …, also, diese ach so tollen jungen Leute hier haben Sie nicht richtig aufgeklärt. Dieser Mensch dort hat mich geschlagen! Und ich frage Sie: Wie würde Ihnen das gefallen, wenn jemand mitten auf der Straße Ihre Frau schlagen würde? Wie würden Sie reagieren?

- Diese Frage, mischte sich der Polizist mit bedeutungsvoller Stimme ein, ist wichtig. Wie würden Sie, mein Herr, darauf reagieren?

Der Unbekannte schien einen Moment verzagt. Dann hellte sich sein Gesicht auf, und befriedigt über die gefundene Lösung höhnte er: „Meine Frau? Meine Frau wird niemals das Opfer eines ähnlichen Übergriffs werden, aus dem einfachen Grund, weil wir keinen Hund besitzen."

Der Polizeibeamte schüttelte enttäuscht den Kopf. Die immer größer werdende Menschenmenge lachte überheblich. „Sehr gut, der Herr, sehr schlau … eh, Mann, was kann der Junge dafür …? Macht nur seine Arbeit … sie hat ihn geohrfeigt … der Junge kam nicht mal aus seinem Kiosk raus …"

- Herr Wachtmeister, ich bitte Sie, wo soll das noch hinführen? Ich habe Ihnen eine konkrete Anzeige gemacht und möchte, dass Sie uns mit zur Wache nehmen. Wie lange soll ich mich noch wiederholen?

- Los jetzt, komm raus, erhob der Polizist nun seine Stimme zum Rothaarigen gewandt.

Die Rufe ringsum wurden lauter: „Der junge Mann hat niemanden angerührt … lass ihn in Ruhe, die lügt …"

- Herr Wachtmeister, ist es Ihre Aufgabe Bürger zu schützen, die um Ihre Hilfe bitten, oder ist sie es nicht?

Der Beamte machte seinem Kollegen, der noch immer gemütlich im Streifenwagen rauchte, ein Zeichen. Der stieg ohne große Lust aus und kam näher.

- Was gibt`s?, fragte er mit dem weltmännischen Tonfall eines Herrn, der gerade einen Tanzsalon betritt. Das Rufen der Menge schwoll nun zu unerträglichem Kreischen an. „Diese Frau hat den Jungen vom Kiosk geschlagen und spielt jetzt das Opfer … ein armer Tagelöhner und die fängt Streit mit ihm an …"

- Warum haben Sie den Menschen geschlagen, gute Frau? Einen armen Schlucker, der niemandem etwas zu Leide tut ... was hat er Ihnen angetan, dass Sie ihn geschlagen haben?

- Ich soll ihn geschlagen haben? Ich war es, die Sie angerufen und herbestellt hat, und zwar deshalb, weil mich jemand geschlagen hat. In der Überzeugung, dass Sie mich beschützen würden. Sind Sie nicht deshalb gekommen?

- Aha, jetzt verstehe ich! Also hat er Sie geschlagen.

- Natürlich, antwortete sie erleichtert.

- Das Problem ist, mischte sich der erste Beamte ein, dass der Kioskbesitzer genau das Gegenteil behauptet ...

„Na klar, Recht hat er, die hat ihn geschlagen und kommt dann noch ... das Kerlchen hat sich verteidigt und sie ein wenig gestoßen, Herr Wachtmeister ..."

Der zweite Beamte sah sie an. „Wohin soll er Sie geschlagen haben?" Die Frau hob automatisch die Hand zu ihrem Gesicht empor. „Aha, hier ist es, da, man sieht es", sagte er nun und berührte vorsichtig ihren Kiefer.

„Sie haben den Abdruck der Hand im Gesicht, wissen Sie das?"

Die Menge schwieg eingeschüchtert.

- Es ist offensichtlich, wendete er sich an seinen Kollegen, der da muss die Dame geschlagen haben. Hast du die ganze Zeit nicht den Abdruck gesehen?

- Aus diesem Grund bitte ich Sie, uns zum Gericht zu fahren, wiederholte die Frau.

Der ganze Platz erbebte nun vom Protestgeschrei ... „Lüge, glaub ihr nicht, die hat ihn geschlagen ... der hat doch keine Schuld ... lasst die Leut in Frieden ..."

- Ich habe keine Einwände, gnädige Frau ... Seine Stimme ging im erneut ausbrechenden Protestgeheul unter.

- Lassen Sie uns bitte gehen, bat die Frau.

- Aber natürlich, gehen wir, beruhigte er sie überaus freundlich, allerdings benötigen wir noch zwei Zeugen, die Ihre Aussage bestätigen.

Die Frau drehte sich um und sah sich der Menge gegenüber. Lautes Lachen, idiotisches Grinsen, halboffene Münder, halbverschluckte vulgäre Flüche. Wieder schrie ihr Innerstes auf. „Ja, genau, der Papadópoulos passt zu euch. Klar, und wie er zu euch passt, warum sollten wir euch von ihm befreien, warum?" Ach, es ihnen einfach sagen. Hier, mittendrin zu schreien, ihren Ekel auszukotzen, dass es unter fünfzig, hundert Männern, alle jung, keinen Zeugen gab, keinen einzigen. Nicht einen!

- Ich finde Zeugen, erwiderte sie dem Polizisten und öffnete sich einen Weg durch die schreiende Menge ... „Schäm dich ... eine alte Frau ... mit weißen Haaren, die ihr Kind schlägt, 'ne Oma, schau sie dir doch an ..." Sie ging entschlossenen Schrittes über die Straße und blieb auf der anderen Seite stehen. Die ganze Zeit über hatten die Angestellten der drei Geschäfte gedrängt in den Eingängen gestanden und das Geschehen verfolgt. Als sie sich nun zuerst der Apotheke näherte, wendeten sich drei weiße Kittel automatisch ab und verharrten reglos.

- Entschuldigung, sprach sie die unbeweglichen weißen Rücken an, Sie haben vorhin den Mann gesehen, der mir ins Gesicht schlug?

- Wir haben gar nichts gesehen, antwortete schnell eine Stimme, seltsam lebendig, fast schon aggressiv.

Sie trat hinaus und ging entschlossen weiter zum Lebensmittelgeschäft nebenan. Der Laden schien vollkommen leer und dunkel zu sein. So dass sie denjenigen nicht sah, der sie hysterisch anschrie, sobald sie einen Fuß auf die Schwelle gesetzt hatte: „Raus, sofort raus aus meinem Geschäft!" Sie zog sich den einen Schritt zurück, den sie hineingetan hatte, und stand dem Besitzer, der ans Lebensmittelgeschäft grenzenden Tankstelle, gegenüber. Ein volkstümlicher Typ, ungefähr vierzig, der auf sie zu warten schien, da er sie offen anlächelte. Erleichtert wurde ihr warm ums Herz. Wie Recht sie doch hatte, immer an das einfache Volk zu glauben! Noch bevor sie ihren Mund aufmachte, sagte er mit einem breiten Lächeln zu ihr: „Das hat mir gefallen, gute Frau, als ich gesehen habe, wie du dem eine nach der anderen gescheuert hast. Das hat mich echt gefreut!"

Die Menge lachte schon laut triumphierend auf, als sie sie alleine zurückkommen sah. Und die Frau war sich sicher, dass der zweite Polizist nur mit Mühe ein Lächeln unterdrückte, das ihm ungezogener Weise in seinem sanften Gesichtsausdruck zu entwischen drohte. Sie fühlte das Bedürfnis, ihm ihre Niederlage mit Stolz entgegenzuschleudern. Ich habe niemanden gefunden, sagte sie näher kommend, spuckte ihm ihren Misserfolg jedoch mit solcher Verachtung ins Gesicht, als würde sie sagen: „Ihr seid alle die gleiche Scheiße!"

- Aber das ist mir egal. Bringen Sie uns bitte ohne Zeugen auf die Wache.

- Ihnen mag das egal sein, aber der Kerl hat all die anderen hier als Zeugen gegen Sie.

- Was soll das heißen, Herr Wachtmeister, was glauben Sie denn? Ich soll einfach so, ohne Grund die Polizei angerufen und herbestellt haben?

- Ja, aber was sollen wir denn ihrer Meinung nach tun? Sie behaupten, dass er Sie geschlagen hat und unter hundert Menschen findet sich nicht einer, der ihre Beschuldigung bestätigt.

„Genau!", brüllten die Umstehenden wieder. „Hör dir die an! Lass die kleinen Leut in Frieden ihr Brot verdienen ... die Frau da ist übergeschnappt."

In diesem Moment sah sie, wie sich der einzige gutaussehende Mann des Platzes von seinem Tisch erhob. Sehr groß, voller Sicherheit, näherte er sich mit weit ausholenden, ruhigen Schritten. „Endlich, da ist er, der Gerechte!" Aufrecht, vor ihr stehend, prächtig anzusehen, sagte er: „Also schämen Sie sich, meine Dame! Obwohl ich hier saß. Und Sie mich sahen! Wie auch ich Sie gesehen habe, wie Sie Ihre Hand erhoben und ihn zweimal hintereinander schlugen, weil er Ihren Hund beleidigt hatte."

Die Menge johlte unbeherrscht auf. Vor ihrem geistigen Auge erstarrte der Gerechte zu Stein. Der zweite Polizeibeamte fasste sie leicht an der Hand. „Ich sage Ihnen, was Sie tun. Sie gehen zum Gerichtsmediziner, er soll den blauen Fleck untersuchen und Ihnen ein Attest ausstellen, das Sie zusammen mit einer Anzeige auf der Wache einreichen. Sie können kommen, wann immer Sie wollen. Unsere Dienststellen sind rund um die Uhr besetzt. Tag und Nacht."

Die Frau bückte sich, nahm ihren Hund auf den Arm und bahnte sich einen Weg durch das rasende Gejohle und die, je weiter sie sich entfernte, immer vulgäreren Beleidigungen. „Hau ab, alte Fotze, dumme Kuh ... und, hat`s wehgetan ...? Um Aufmerksamkeit zu kriegen, sucht das alte Wrack in aller Öffentlichkeit Streit ... och, tut`s sehr weh ...?"

Sie überquerte die Straße und fand sich auf dem gegenüberliegenden Bürgersteig wieder. Sie betrat eine Bar, um dort abzuwarten, bis die Menge auseinander gegangen war. Ihre Hände suchten Halt, irgendetwas zum Abstützen. Sie fand einen Hocker und lies sich mit ihrem ganzen Gewicht darauf fallen, um nicht zusammenzubrechen. Der Hund entglitt ihren Händen und plumpste jaulend auf den Mosaikboden. Die Finger am Hocker festgekrallt, schaffte sie es zu sitzen.
- Einen doppelten Oúzo, bitte.
Ein Atemhauch, unerträglich nach Alkohohl und billigen Zigaretten stinkend, waberte an ihr Ohr: „Sie haben Glück gehabt. Der hätte Sie auch erstechen können und es wäre trotzdem das Gleiche passiert. Alle, die dort auf dem Platz herumlungern, sind Bullenspitzel, die die Botschaft bewachen. Der Rothaarige und seine drei Brüder sind die schlimmsten Schläger der ganzen Gegend."

Lebensgefahr

Nicht vertauschen möcht ich`s je, da kannst du sicher sein,
Mein unselig Los mit deiner Unterwürfigkeit.
Vorzuziehn ist`s gekettet auf diesem Fels zu sein,
Denn Vater Zeus als treuer Bote zu dienen.
                                        Aischylos (Prometheus)

Grelles Licht zwang sie, die Augen zu öffnen und sofort wieder zu schließen. Sonne! Die gigantische Sonne stand tief und blendete sie. Sie lächelte dem Licht zu, wagte aber nicht, es noch einmal anzusehen. „Ich bin wohl am Meer, dieses Brausen und …" Wer warf die Kieselsteine, die von allen Seiten auf ihren Schädel prasselten und schmerzten? Sehr witzig! Und Lachen, grobes, aufdringliches Lachen. Nein, das ist kein Meeresrauschen. „Wo bin ich?"

- Was meinst du, ficken wir sie?
- Ist `ne alte Frau, aber ganz gut erhalten.
- Ja, doch Alter, ganz appetitlich, sag ich dir.

Eine menschliche Hand fummelte ihr zwischen den Beinen herum. „Das bin ich!" Sie machte eine instinktive Bewegung, um die Hand abzuwehren, die versuchte, in sie einzudringen, doch es ging nicht. Wieder steinigte sie das grobe Lachen. „Aber warum, wo bin ich? Ich habe keine Hände! Was ist mit meinen Händen …?" Sie öffnete ihre Lider einen winzigen Spalt. Nein, sie träumte nicht. Direkt vor sich sah sie ihre eigenen Fußspitzen, die fast das Gitter eines schmalen Bettes berührten. Sie sah sie, konnte sie jedoch nicht bewegen. „Ich träume. Jetzt werde ich aufwachen und alles ..." Sie öffnete ihre Augen etwas weiter. Von ihren Fußspitzen aufwärts ragten drei riesengroße Männer empor, die sie mit weit aufgerissenen Mündern lachend anstarrten. Einer packte ihren großen Zeh und kniff ihn fest.

- Na, ist mein Baby aufgewacht?

Alle drei brachen in Lachen aus und rüttelten am Bett. „Das sagt der zu mir! Aber wer sind die? Wo bin ich?" Das Bett ist nicht ihres. Und das Licht ist nicht die Sonne. Sondern eine starke Glühbirne. Aber es hängt gar keine Lampe an der Decke ihres Schlafzimmers. Und was hatten diese ordinären Typen in ihrem Haus zu suchen? In ihrem Haus? Das angenehme, gastliche Bild ihres Hauses schob sich für kurze Zeit zwischen die Unbekannten und sie. „Du schläfst, Dummchen ... du wirst sehen, gleich bist du zurück, im großen, bequemen Bett mit dem kleinen Nachttisch neben dem Kopfkissen. Ein schlechter Traum, sonst nichts. Die Wissenschaftler behaupten, dass wir nur fünf Minuten träumen, normalerweise am Anfang oder am Ende der Nacht, kurz bevor wir erwachen. Und deshalb haben wir oft das Gefühl, unser Traum habe die ganze Nacht angedauert. Natürlich, so ist es. Jetzt, der Tag, ach, ein angenehmer Tag ..."

- He, lass die erst mal richtig zu sich kommen, damit sie auch was davon hat!
- Auf jeden Fall komm ich zuerst dran ...
- Gib ihr 'ne Zigarette, die ist süchtig, haben sie uns gesagt.
- Los, mach schon, da wird sie schneller wach ...

„Über mich reden die so, ja, ist das denn möglich?" Willkürlich öffnete sie ihre Augen. Und doch, dort, vor ihr waren sie. Sie sah ihnen direkt in die Augen. Nein, es ist kein Traum. Riesengroße Männer, oder kommen sie ihr nur so vor, weil sie selbst auf dem Rücken liegt?

Wieder machte sie eine Bewegung, um sich aufzurichten. Aber ihr Körper, seltsam regungslos, gehorchte ihr nicht. Begeistert, mit weit aufgerissenen Mündern, lachten die drei. Da sah sie an sich herab. Splitternackt, die Beine gespreizt und festgebunden, wieso, weshalb? Und die Hände auch, aber warum? „Knast! Ich bin im Knast! Und die? Folterer!"

- Unsere Puppe ist aufgewacht!

Einer zündete zwei Zigaretten an. „He, binde sie los", bedeutete der andere, „dann kann sie sich ihre Droge reinziehen."

- Los zieh, sagte der eine Unbekannte, sich mit der Zigarette über sie beugend. Sie spuckte ihn an. Blitzschnell schlug er ihr mit dem Handrücken ins Gesicht. Blut schleuderte zusammen mit seiner Hand durch die Luft. „Sie fangen an! Um mich einzuschüchtern und mit dem Verhör zu beginnen."

- Dummes Drecksstück! Was spielst du dich so auf?
- Die Widerstandskämpferin, lachte der andere laut auf.

„Ruhig bleiben, keinen Ton. Das machen sie, um deine Moral zu brechen."

- Nee Alte, Schluss jetzt mit dem Widerstandskram! Es ist Zeit, alte Jungfer.
- Die Ärmste hatte sich etwas anderes erhofft, als du ihr gegeben hast.
- Bravo, genau, das ist es, brüllten alle drei los vor Lachen.
- Ich werde sie auf jeden Fall losbinden, bemerkte einer und begann an ihrer Hand herumzufummeln, die mit einem Riemen am Bettgestell fixiert war.

„Wann haben sie mich verhaftet?" Ihr Gehirn hatte keinerlei Erinnerung, sondern stolperte durch undurchdringliches Dunkel. „Ich muss mich erinnern! Gestern Abend? Was war gestern Abend?" Sie stocherte vergeblich im unauflöslichen, ihr widerstehenden Dunkel. Sie verschränkte ihre befreiten Arme vor den entblößten Brüsten.

- Los, lass mich dich anschauen, ich hab `ne Schwäche für Busen, kommandierte der eine und versuchte ihre Hände zu lösen. Und wieder hatte sie ihre Reaktion nicht unter Kontrolle und ohrfeigte ihn. Sofort knallte ihr seine Hand zweimal mit brutaler Gewalt ins Gesicht. Sie schmeckte salziges Blut im Mund.

- Blödes Drecksstück, weißt du, wen du schlägst?
- Du warst es, der Mitleid mit ihr hatte, bind sie wieder fest!

Sie fixierten erneut ihre Hände mit den Riemen. „Die Riemen sind am Bett angebracht. Perfekt organisiert. Aber was haben sie mit mir vor?" Nun standen nur noch zwei am Gitter, glotzten sie an und stießen dabei obszöne Bemerkungen aus. Der dritte saß eben ihr und betatschte ihre Schenkel. Alle drei, mit offenen Hemden, die Ärmel aufgekrempelt, präsentierten ihre Muskelpakete.

- Noch nie hast du so viel Spaß gehabt, wie ich dir gleich bereiten werde, du wirst sehen.

„Das ist die schlimmste Erniedrigung, die ein Mensch erleiden kann. Gefesselt, unfähig sich zu verteidigen, in der Gewalt von drei Kreaturen, die kübelweise Jauche über dich kotzen. Und du, was kannst du tun? Es ist alles durchdacht, um dich fertig zu machen. Nein, ich werde meine Augen geschlossen halten und sie nicht mehr ansehen. Stumm und blind."

- Ich fick zuerst.

Automatisch riss sie die Augen auf. Der Größte kam auf sie zu, die Hose offen, demonstrativ seinen erigierten Penis in der Hand.

- Schau, was ich für dich habe!
- Hiilfeee! schrie sie auf. Seine Hand verschloss ihr den Mund, während er mit der anderen seinen steifen Schwanz an ihr Ohr presste. Mit aller Kraft biss sie ihm in die Hand. Er brüllte. Der Penis hörte auf ihr Ohr zu kitzeln.

Doch sie lies nicht locker, spürte, wie sich ihre Zähne tief in sein Fleisch gruben. Der andere eilte herbei und zwang sie mit Schlägen ins Gesicht loszulassen. Mit Ekel spukte sie das Blut aus, das ihren Mund füllte.

- Los, die Spritze. Jag ihr die Injektion rein, damit wir in Ruhe ficken können. Der andere kam schon mit einer riesigen Spritze in der Hand auf sie zu.

- Hiilfeee!, schrie sie wieder.
- Halt`s Maul, befahl er ihr, ohne sie jedoch anzufassen. Halt ihr die Hand fest, damit mir die tollwütige Hure nicht die Nadel abbricht. Mit dem Stich der Nadel, die ihr grob in den Arm fuhr, schoben sich bunte Wolken zwischen sie und die drei Gestalten. „Und ich dachte", ging es ihr durch den Kopf, „in den deutschen Gefängnissen das Schrecklichste erlebt zu haben." In diesem Augenblick versuchte einer von ihnen, für sie schon unsichtbar, mit dem Ausruf „Ruck zuck hast du ihn drin" in sie einzudringen. „Ich will sterben, ich will sterben", flüsterte sie.

Es dämmerte, als sie ihre Augen öffnete. Sie fühlte sich schwer, schwer wie Eisen. Ohne etwas zu denken versuchte sie ihre Glieder zu strecken. Unmöglich. Als läge ein Grabstein auf ihr. Sie starrte vor sich aufs Bett.

- Hiilfeee! schrie sie im selben Moment, als sie feststellte, dass jemand bäuchlings halb auf ihr liegend schlief und die Erinnerung an die vergangene Nacht drängte sich alptraumartig in ihr Bewusstsein. Der Unbekannte sprang auf, zog seine in den Kniekehlen hängende Unterhose hoch und rannte mit auf dem Boden scheppernder Gürtelschnalle nach draußen. Sie konnte die Tür von der Stelle, an der ihr Bett stand, nicht sehen. Die viereckige Zelle ging links auf irgendeinen Gang hinaus. Sie war sich jedoch sicher, durch die jetzt offen stehende Tür zwei flüsternde Stimmen zu vernehmen. Im nächsten Augenblick erschien eine Frau in ihrem Blickfeld, die wie eine ganz normale Putzfrau aussah.

- Wer war das?
- Wer?
- Der eben hier raus ist.
- Ich habe niemanden gesehen. Was wollen Sie?
- Hast du mich rufen gehört?
- Ja, was wollen Sie?
- Du hast mich also rufen gehört, aber keinen gesehen? Nein? Niemanden?
- Es war dunkel. Was wollen Sie?
- Dass ihr mich losbindet, sagte sie zaghaft. Die Nacht wurde erschreckend lebendig in ihrer Erinnerung. Sie hatte Angst.
- Warte, ich bin sofort wieder da, antwortete die Frau und verschwand im Gang.

„Wenn die wiederkommen, springe ich aus dem Fenster." Dann sah sie das stabile Eisengitter, das es von außen verschloss. Sie lag da wie in der Nacht, in der gleichen demütigenden Nacktheit, die Beine noch immer festgebunden und gespreizt. „Wie soll ich das überleben? Und was werden sie mir noch antun? Das war der Anfang. Nein, der Anfang war etwas anderes. Gestern, vorgestern ... aber was war vorgestern? Warum erinnere ich mich nicht?" Die Putzfrau kam mit einer Kollegin zurück. Sie begannen die Riemen zu lösen, die eine an den Füßen, die andere an den Händen.

- Es ist nicht erlaubt, Sie loszubinden, aber für einen Moment tun wir es, um das Bett frisch zu beziehen.

„Das hätte ja gerade noch gefehlt, dass es erlaubt ist. Und trotzdem glaubte sie hinter der Neutralität der Stimme noch etwas anderes zu hören. Mitgefühl? Denk doch nicht so etwas! Wer weiß, was für dreckige Faschistinnen das sind, wenn die hier im Knast arbeiten. Ihre Arme und Beine waren jetzt frei, trotzdem konnte sie sich nicht bewegen. Ihr Körper fühlte sich an wie ein Sandsack. Nein, nicht genau. Bei ihren beiden Geburten hatten sie ihr direkt im Anschluss ein mit Sand gefülltes Beutelchen auf den Bauch gelegt. Und es war ihr unerträglich erschienen, so zerschlagen, wie sie sich fühlte. So wie jetzt. Wieder alleine, genau wie bei ihren Geburten. Keine Menschenseele an ihrer Seite. „Weißt du, was ich glaube, Mama? Dass du dein Kind, wenn du es nicht liebst, für die großen Leidenswege vorbestimmst. Und mir blieb nichts erspart. Mir, die ich so daran geglaubt habe, sehr, sehr glücklich zu werden ..."

- Komm, hol saubere Laken und Kissenbezüge, die hier sind voll Blut.

Während die Frau sie umsetzte, um die verschmutzten Laken abzuziehen, verspürte sie entsetzliche Schmerzen in Armen und Beinen, jetzt, da dort wieder Blut zirkulierte. Sie wollte schon darum bitten, ihr ein wenig die Waden zu reiben. Doch sie wagte es nicht, fürchtete ihre eigene Reaktion. Wenn sie jetzt von irgendeiner menschlichen Hand berührt würde, dann wäre es um sie geschehen. Selbst beim geringsten Ausdruck von Mitgefühl würde sie sich auflösen, das wusste sie, würde in Tränen zerfließen. Doch jetzt war keine Zeit für Empfindlichkeiten. Das wollen die doch nur. Die Putzfrau kam mit den Laken zurück. Sie setzten sie erneut vorsichtig um und bezogen das Bett. „Was zum Teufel soll das? Warum sind die so freundlich?"

- Aber ich möchte auf die Toilette ...

- Ich schicke einen Krankenpfleger, versicherte ihr die eine, während sie ihr wieder die Riemen anlegte.

- Nein, nicht, ich bitte Sie, ich will niemanden, ich will nicht auf die Toilette, ich habe gelogen! Die Putzfrauen sahen sie schweigend an.

- Was bindest du die Frau auch nackt ans Bett?, stieß die eine fast wütend hervor. Wo ist Ihr Nachthemd?

- Ich ... ich weiß nicht. Als ich nachts aufgewacht bin, war ich so ...

Sie fanden es unter dem Sessel, zogen es ihr an und fixierten sie wieder. Sie konnte sehen, wie die eine der anderen beim Aufheben die Laken zeigte. Sie meinte ein Zischeln zu hören - „Schweine" - während die beiden in Richtung Gang verschwanden. „Und, was nutzt das noch? Ich bin verkrüppelt. Ja, jeder Mensch, der erniedrigt wurde, wird zum Krüppel. Ich bin invalide. Ich, die ich mir ein Leben lang meine bewundernswerte Derbheit bewahrt und sie letztendlich in Verachtung für die Feigheit und Heuchelei der Menschen umgewandelt habe ... und jetzt, jetzt das."

Ein triumphaler Sonnenstrahl brach durch das große gitterbewehrte Fenster und breitete sich samtweich auf ihrem Gesicht aus. Sie musste hoch oben sein, da Sie dem Himmel so nah war. Das erste Mal seit Jahren, dass sie beim Anblick der Sonne nicht lächelte. Bonjour, mon vieux, begrüßte sie sie jeden Morgen, seit sie nach ihren langen Jahren in Paris nach Athen zurückgekehrt war. Es war ihr Gebet. Der Sonne und dem Himmel, so glaubte sie, verdankte sie ihre Seele. Jetzt hatte sie Angst. Sie wusste nicht, ob und wie lange sie es aushalten würde, wenn sie sie schlügen oder folterten. Doch ganz sicher würde sie die Erniedrigung der letzten Nacht nicht noch einmal ertragen. „Ich werde durchdrehen", flüsterte sie. Plötzlich waren sie da. Wie aus dem Nichts. Wie waren sie dorthin gekommen? Die wollen, dass ich durchdrehe, das ist es. Wieder an den Füßen ihres Bettes stehend. Wieder zu dritt. Aber das sind andere, ganz andere als die nächtlichen Folterer. Einer mittleren Alters mit Brille und Bart, elegant, fein, eine Frau, unglaublich hässlich, und ein jüngerer, genauso elegant wie der erste. Dort stehen sie, unbeweglich, stumm, und schauen sie an, schauen ihr alle drei direkt in die Augen. Aber sind sie echt? Wie Alpträume im Fieberwahn, unbekannte, strenge, schweigende Gesichter, regungslos. Sie machte die Augen zu und wieder auf. Aber ich bin wach! Ja, doch, und panisch. Die Frau presste grimmig einen Ordner an ihre nicht vorhandene Brust. Sie war so hässlich, wie die Feindschaft in ihren Augen groß war. Von wo sind die hereingekommen, und wann? Was haben sie jetzt mit mir vor? Warum schauen sie mich so an, so schweigsam und eisig wie Masken?

- Wie heißen Sie?, fragte die Frau.
- Lily Zográfou.

Die hervortretenden Augen blieben starr auf sie gerichtet wie eine über ihr schwebende Bedrohung. Ohne zu wissen weshalb verband sie diese Frau mit der schrecklichen Nacht, die sie hinter sich hatte. Dann hörte sie sich sagen:

- Wie du heißt, weiß ich nicht. Doch ich bin sicher, dass du immer noch sehr unglücklich darüber bist, nicht in Hitler-Deutschland gelebt, und so die Chance verpasst zu haben, dir einen Lampenschirm aus Menschenhaut anzufertigen. Ohne das geringste Zeichen einer Verständigung vollführten die drei eine automatische Drehung, wie Aufziehpuppen, und verließen nacheinander den Raum, entschwanden wie Phantome. Gespenster! Woher kamen sie, wo sind sie hin? Wenn sie mich verhaftet haben ... aber wann? Und nachdem ich mich an gestern nicht erinnere, warum sollten diese Gestalten wirkliche Menschen sein? Aber sie hat mich angesprochen ... ich habe meinen Namen genannt. Die wollen, dass ich panisch werde, das ist es, deshalb führen sie sich wie Gespenster auf.

Sie erschauderte, als sie hörte, wie die Tür geöffnet wurde. Ein Zittern durchlief sie. „Sie schickt mir die Folterer." Gleich würde sie ohnmächtig werden. Ein junger Mann mit weißem Hemd und schüchternem Lächeln tauchte vor ihr auf. Sein Gesicht strahlte Wohlwollen aus, seine Augen blickten sie freundschaftlich an.

- Sie wollten zur Toilette. Soll ich Ihnen helfen?

Ohne Hoffnung verfolgte sie, wie er ihr die Riemen löste. Wieder ein anderer.

- Wollen wir jetzt aufstehen? Vorsichtig half er ihr vom Bett. Als sie aufrecht stand, kippte das Zimmer vornüber. Er schaffte es, sie aufzufangen, und setzte sie sanft in den Sessel. Dann legte er ihr den Bademantel um. Wie kam ihr Bademantel hier her?

- Fühlen Sie sich besser, Frau Zográfou? Es ist ganz normal, dass Ihnen nach so vielen Tagen im Bett schwindelig wird ... Seine sorgenvolle Stimme wärmte sie. Sie blickte ihn an. Ein sehr freundlicher Junge, ungefähr fünfundzwanzig Jahre alt.

- Wie viele Tage?

- Vier. Heute ist der fünfte. Aber jetzt geht es Ihnen zum Glück wieder gut. Er führte sie zur Toilette im kleinen Flur, in dem sich auch die Tür befand. Sie erblickte ein komplettes Badezimmer.

- Kann ich duschen? Bitte, lassen sie mich duschen! Die Wärter haben mich geschändet. Sie biss sich auf die Zunge. Es war seltsam. Sie beobachtete es seit gestern Abend. Es gelang ihr weder Worte noch Gesten zu kontrollieren.

Der junge Mann wurde bleich und biss sich auf die Lippen. Er blickte ihr in die Augen.

- Sie? Bei Ihnen? Das machen die mit Absicht ...

- Wer sind Sie?

- Ein Medizinstudent. Da ich aber kein Geld habe, bin ich gezwungen zu arbeiten ... das ist die einzige Stelle, die ich finden konnte, was soll ich machen? Er fragte, als ob er sie um Verzeihung bitte. Aber Sie! Ich kenne Sie, habe Sie gelesen. Alles was Sie geschrieben haben. Ich bewundere Sie sehr und ...

- Wirklich? Dann sagen Sie mir, in welchem Gefängnis ich mich befinde?

- Gefängnis? Aber das hier ist eine Klinik. Eine psychiatrische Klinik. Die Kastalía-Klinik in Glyfáda.

- Eine Klinik? Ich? Aber warum?

- Aber Frau Zográfou, erinnern Sie sich nicht ...?

- Nein, an was?

- Vor fünf Tagen haben Sie versucht sich umzubringen. Einen Tag vor Sylvester. Ich wünsche Ihnen als Erster ein glückliches Neunzehnhundertdreiundsiebzig.

Blitzartig leuchteten die ausgelöschten Ereignisse in ihrem Gehirn auf. Doch sie verscheuchte sie mit einer Kopfbewegung.

- Klinik, sagten Sie? Sie meinen eine Privatklinik?

- Aber natürlich. Eine der teuersten. Schauen Sie sich doch

um. Sie haben ein kleines Appartement. Mit eigenem Bad. Was sollte diese Einrichtung in einem Gefängnis? Sie liegen erster Klasse ... mit Zentralheizung, voll ausgestattet!

Es war ihr egal, dass ihr Gehirn in all den Stunden nicht die nötigen Zusammenhänge hergestellt hatte, was bedeutete, dass es nicht einwandfrei funktionierte. Sie packte seine Schultern und schüttelte ihn heftig.

- Ist das wahr?
- Regen Sie sich nicht auf, ich bitte Sie, Frau Zográfou! Schauen Sie sich den Sessel an. Es ist kein Gefängnis. Aber schreien Sie nicht so, Sie geben denen nur die Möglichkeit ...
- Und die drei? Wollen Sie behaupten, dass die drei, die mich nachts gefoltert haben, nicht von der Sicherheitspolizei waren? Keine offiziellen Folterer der ESA? Sie sagten, ich befände mich erster Klasse. Also bezahle ich, ich oder irgendein Angehöriger, das ist auch egal, und drei Schweine haben mich in der Nacht vergewaltigt ...
- Ich flehe Sie an, beruhigen Sie sich. Behaupten Sie das nicht noch einmal!
- Warum? Wer waren die? Sagen Sie es mir.

Ich weiß nicht, nein, aber ich glaube, es müssen die Wärter gewesen sein, die die Verrückten bewachen.

- Unmöglich, brachte sie hervor. Ruckartig drehte sie sich zum Bett. Die Wand war mit Blut gesprenkelt. Sie nahm ihn an der Hand.
- Siehst du das? Die haben mir die Nase blutig geschlagen. Die Laken und Kissen haben sie gewechselt, noch bevor es richtig hell wurde. Aber die Blutspritzer sind noch da ... Du kannst dir nicht vorstellen, was gestern Abend hier geschehen ist.

Der junge Mann weinte fast.

- Bitte, beruhigen Sie sich. Und bitte, verraten Sie mich nicht. Doch Sie müssen sich in Acht nehmen. Die wollen Sie in den Wahnsinn treiben, deshalb ist das von gestern Abend geschehen. Verraten Sie mich nicht, aber Sie dürfen es auf gar keinen Fall akzeptieren, wenn man Ihnen Injektionen verabreichen will.
- Warum?
- Sie sollen mit Psychopharmaka aufgeputscht werden, da-

mit Sie völlig überdreht reagieren und man Sie so lange wie irgend möglich als Verrückte hier behalten kann.

- Wer will das? Und erklären Sie mir, was Sie mit den Injektionen meinen? Heute Morgen, kurz vor Ihnen, haben mich drei andere aufgesucht, furchtbare Gestalten ... ich habe Angst. Ich weiß nicht, ob die echt waren oder Ausgeburten meiner Phantasie ... die redeten nicht, schauten mich nur an. Jetzt, da Sie von Spritzen reden ... Vielleicht habe ich Wahnvorstellungen?

- Wie sahen sie aus?

- Eine Frau, sehr hässlich, und ein Mann mittleren Alters.

- Mit Bart und Brille?

- Ja, und noch eine jüngerer ...

- Keine Angst, Sie haben keine Halluzinationen. Das sind die Besitzer der Klinik.

- Keine Untersuchungsrichter? Die Besitzer? Und die sind hier, hier drin?

- Richtig! Der Klinikleiter, der mit dem Bart, ist im Moment unten im Büro.

- Und er ist Arzt?

- Ja, Psychiater, er heißt Lymbéris.

- Ich bitte Sie, junger Mann, bringen Sie mich in sein Büro, jetzt, sofort.

- Und ich bitte Sie, mich nicht zu drängen - weil ich Ihnen nichts verweigern kann. Wenn Sie wüssten, wie sehr ich Sie bewundere ... die werden mich rauswerfen. Was wollen Sie ihm sagen?

- Alles, was in der Nacht passiert ist! Hören Sie, junger Mann. Wenn ich noch eine Nacht wie die gestrige über mich ergehen lassen muss, jetzt, wo ich weiß, dass ich nicht im Knast bin, dann werde ich wirklich verrückt. Sie sagten, dass Sie mich bewundern?

- Grenzenlos! Viele Ihrer Texte kenne ich auswendig.

- Das bringt mir nichts. Was ich brauche, ist Ihr Mitgefühl.

- Sie werden mich nicht verraten?

- Keine Sorge.

Er half ihr in den Bademantel und führte sie hinaus auf den Gang. Sie stiegen die Treppe hinab und gelangten in eine große

Diele, die an den Empfangsbereich eines Luxushotels erinnerte ...

- Dort, er zeigte auf eine Tür. Und Vorsicht, flüsterte er ihr zu. Bleiben Sie ruhig.

Sie klopfte, öffnete die Tür und trat ein. Der Bärtige saß an einem prachtvollen Schreibtisch. Er erhob sich sofort, als er sie erblickte.

- Frau Zográfou ...
- Sie existieren also?
- Ich verstehe nicht, was wollen Sie damit sagen?
- Dass Sie kein Phantom sind! Ihr Verhalten heute Morgen bei Ihrer Visite war so unmenschlich, dass ich befürchtete, Sie seien eine Ausgeburt meiner Phantasie.
- Setzen Sie sich bitte.
- Stumm sind Sie auch nicht!
- Aber was soll denn das?
- Und nun erzählen Sie mir bitte, in welcher Eigenschaft Sie diese Klinik leiten.
- Ich bin Psychiater.
- Der junge Mann und die Frau, die Sie begleiteten, ebenfalls?
- Richtig.
- Und ... in dem Moment, als Sie zu dritt an meinem Bett standen, wussten Sie, dass ich vor fünf Tagen versucht hatte, mich mit einer Überdosis Schlaftabletten umzubringen?
- Aber natürlich!
- Und wenn ich mich nicht täusche, bezahlt meine Familie, wer auch immer von ihnen mich hierher gebracht hat, wie viel genau?
- Sagen wir tausend Drachmen am Tag.
- Schön! Und heute haben Sie mich zum ersten Mal wach vorgefunden, mit all meinen fünf Sinnen uneingeschränkt wiederhergestellt. Und Sie, drei Psychiater, befanden es nicht für nötig, wenigstens ein Wort zu sagen, nicht einmal guten Tag, wenn schon nicht an den Menschen gerichtet, dann wenigstens an Ihren Kunden, der von den Toten auferstanden ist. Also, nachdem er eine gewaltige seelische Erschütterung durchgemacht haben muss. Noch nicht einmal guten Tag!

- Das ist nicht üblich, wissen Sie ...

- Ich weiß, ich weiß, genau wie Sie wussten, was ich Ihnen auf die Frage, wie es mir geht, geantwortet hätte. Warum also sollten Sie sich etwas anhören, was Ihnen sehr wohl bekannt war, da Sie selbst die Anordnung gegeben hatten, es geschehen zu lassen?

- Ich verstehe Sie nicht.

- Wollen Sie behaupten, dass Ihre Wärter auf eigene Initiative Ihre Patientinnen fesseln und vergewaltigen?

- Vergewaltigen? Wer?

- Geehrter Herr, ich war einundzwanzig Jahre alt, als mich die Deutschen ins Gefängnis warfen und etwas Vergleichbares ist mir nie widerfahren. Und heute, mit Fünfzig, kapituliere ich. Weil die Junta mich zu Arbeitslosigkeit und Isolation verdammt hat, weil auf eine Demütigung zehn weitere folgen und weil ich nicht glaube, dass sich die Welt ändert, wenn ich verschwinde, ebenso wenig, wie sie sich ändert, wenn ich lebe. Und ich fasse den Entschluss, mein Leben zu beenden. Und Sie wählen genau den Zeitpunkt, an dem ich vermeintlich gerettet werde, den Moment also, an dem ich aus einem vorläufigen Tod erwache, um mich der Gewalt dreier Sadisten auszuliefern, die mich ausziehen und vergewaltigen. Mit fünfzig. Nach einem Selbstmordversuch. Und ...

Der Arzt hatte seinen Kopf zwischen seinen Händen verborgen. Sie packte ihn an den Handgelenken.

- Ich bitte Sie, widersprechen Sie mir. Sagen Sie, dass ich mich nicht in einer Klinik befinde. Bestätigen Sie, dass dies hier ein Knast ist. Und Sie ein ausführendes Organ der Junta.

- Aber wie kommen Sie darauf ...? Ich bitte Sie, sie tun mir weh!

- Ich versichere Ihnen, dass es besser ist. Für mich. Es reicht mir nicht zu überleben. Ich muss wieder eine Beziehung zum Leben und den Menschen aufbauen. Die Junta hat einen Vorwand, um uns zu foltern und zu erniedrigen. Und ihr Verhalten weckt unseren Widerstandsgeist und unsere Verteidigungsbereitschaft. Aber wenn Sie und Ihre Kollegen nichts mit der Junta zu tun haben, sondern einfach normale Menschen und darüber hinaus Wissenschaftler sind, was soll dann aus mir werden? Wie soll ich dann überleben? Ich erwache nach fünf Tagen der Nichtexistenz und statt neben mir eine Krankenschwester oder wenigstens eine Putzfrau zu erblicken, bin ich vollkommen nackt ans Bett gefesselt. Los jetzt, Doktor, sagen Sie mir, wer diese drei Viecher waren ...

- Woher soll ich das wissen ...
- Schnell, da Sie mir offensichtlich nicht glauben, rufen Sie doch die Putzfrau, sie soll die gewechselten Laken bringen.
- Andere Beweise haben Sie nicht?
- Andere Beweise? Aber wir müssen diese drei finden. Der eine von ihnen ist an der Hand verletzt. Dem habe ich fast seinen Handballen abgebissen. Na los, schlagen Sie Alarm!
- Das ist unnötig, ich glaube Ihnen.
- Sie glauben mir? Also wissen Sie ... Er hob seinen Kopf, rückte seine Brille zurecht und fragte sie in vertraulichem Tonfall.
- Was glauben Sie, wer ist Ihrer Meinung nach Schuld an allem?
- Wer sonst außer Ihnen?
- Ich also, ausschließlich ich, und wie soll ich das Ihrer Meinung nach alles alleine schaffen? Sehen Sie, mir gehört das Krankenhaus, mir gehört hier die Klinik und auch ihre Zweigniederlassung ...
- Aber Sie sind ja gar kein Arzt, Sie sind ein Supermarktfilialleiter, hör dir das an, Zweigniederlassung ...
- Da hier nicht genug Platz für die Patienten zur Verfügung stand. Wir waren also gezwungen ein Gebäude anzumieten ...
- Und ich? Schauen Sie mich an, los, so schauen Sie mich doch an, sehen Sie das Entsetzen in meinen Augen. Riechen Sie den Gestank, der aus meinem Körper strömt, mich ... ich könnte natürlich den Staatsanwalt rufen. Allerdings würde ein solch ungleicher Kampf zu meinen Ungunsten ausgehen. Ich habe mein Gesicht im Spiegel gesehen. Sie werden mir gegenüberstehen, elegant, akkurat frisiert, mit Ihrer tadellosen Krawatte ...

Der Arzt richtete den Knoten seiner Krawatte. „Nicht doch, Sie übertreiben ..."

- Nicht im Geringsten, und als gemachter Wissenschaftler mit so vielen Filialen, wer würde Ihnen nicht glauben? Als könnte ich Sie hören ... mit einem Tonfall voller Nachsicht. Die Sinnestäuschungen sind ganz natürlich, Herr Staatsanwalt, werden Sie sagen, die Barbiturate, wissen Sie, rufen vergleichbare Zustände hervor ... Und dieses Scheusal, ihre Geschäftspartnerin, vor der habe ich Angst, die wird leichten Herzens bestätigen, dass ich verrückt bin ...

- Aber was sagen Sie denn da, wie könnte sie, so bekannt wie Sie als Schriftstellerin sind!

- Schriftstellerin! Ich? Ein Abort des Omónia-Platzes, das bin ich, dazu haben Sie mich gemacht, doch ich bin nicht mehr das Problem. Aber sind es vielleicht die Anderen? Die Ahnungslosen? Die ihre Angehörigen vertrauensvoll in Ihre Hände geben, damit Sie sie retten, diese Anderen ...? Ich bin durch die Nacht in der Hölle, die Sie mir bereitet haben, hindurchgegangen, und habe sie überstanden, weil ... Ein Gedanke stoppte sie. „Ich darf ihm auf keinen Fall sagen, dass ich dachte, im Gefängnis zu sein. Er wird es benutzen, um zu beweisen, dass ... nein, aufpassen."

- Warum, ich höre.

- Weil Sie mich nicht kennen, Doktor, entschuldigen Sie, Herr Filialleiter, weil ich stark bin, und der Beweis dafür ist, dass ich es entscheide, wann ich sterbe. Es ist ohne Bedeutung, dass mein Versuch fehlschlug ...

- Ganz und gar nicht, wir haben eine hohe Prozentzahl von Menschen, die auf Grund irgendeines Zufalls gerettet werden ...
- Und nachdem sie gerettet sind, was tun Sie ihnen an, um wie im vorliegenden Fall ihren Aufenthalt hier zu verlängern? Denn egal, wie sehr sie sich beschweren, wer wird ihnen glauben? Wenn Autoritäten wie Sie und Ihre Geschäftspartnerin ... wie heißt die Dame eigentlich?

- Dimákou. Frau Dimákou.

- Ah, bravo, die Frau Dimákou, die der Meinung ist, sie sei die führende Kapazität Ihrer Klinik ... wenn Sie also solche Alibis für Ihre Verbrechen haben! Wissenschaftler, Psychiater! Wie soll man sich da verteidigen? Trotzdem danke ich Ihnen. Sie haben mir eine Waffe gegeben, nein, eine Bestimmung, die mir helfen wird, ins Leben zurückzukehren. Für all diejenigen, die schutzlos in Ihre Hände fallen, für die werde ich kämpfen, sobald ich hier raus bin.

- Aber warum habt ihr mich so alleine gelassen, warum?, fragte sie weinend ihre Schwester. Wie kamt ihr darauf, mich hier hinein zu stecken? Wisst ihr, was das hier drin ist?

- Hör auf, ich bitte dich, komm zu dir. Das hier ist eine phantastische Klinik. Wo hätten wir dich denn deiner Meinung nach hinbringen sollen?

- Weißt du, was das hier ist? Weißt du, dass ich splitternackt ans Bett gefesselt war, mit drei riesigen Gorillas auf mir ... die mich vergewaltigt haben ...

- Mein Schatz, ich befürchte, dass die Klinikärzte Recht haben, wenn sie uns versichern, dass du übergeschnappt bist. Die Klinik, in die wir dich gebracht haben, achtet sehr genau auf die Vorschriften, weshalb sie auch extrem teuer ist. Ist dir klar, dass wir eintausendzweihundert Drachmen am Tag bezahlen? Derartige Dinge geschehen nicht in solch luxuriösen Kliniken ... ich befürchte, deine Phantasie geht mit dir durch ...

- Meinst du?

- Natürlich, und deshalb lassen dich die Ärzte hier nicht raus. Sie weigern sich, den Entlassungsschein zu unterschreiben, wenn du nicht die erforderliche Kur machst.

- Willst du damit sagen, dass ihr mich hier drin lasst? ... Aber welche Kur, warum?

- Ein gesunder Mensch, mein Schatz, bringt sich nicht um, verstehst du ... sie übernehmen also nicht die Verantwortung dafür, dich frei herumlaufen zu lassen, wenn ...

- Wenn was? Los, sag schon!

- Wenn du dir nicht zuvor, sagen die Ärzte, einige Elektroschocks verabreichen lässt.

- Aha, wie viele genau?

- So um die zwanzig!

- Ach, so wenige nur! Und das habt ihr akzeptiert?

- Schau, auf Grund des sehr hohen Preises haben wir uns entschieden, dass du sie woanders durchführen lässt. Wir haben also eine schriftliche Bescheinigung von ihnen verlangt.

- Dass ich Elektroschocks benötige?

- Ja. Doch sie verweigern uns eine diesbezügliche Bescheinigung. Sie stellen uns jedoch frei, einen Psychiater unserer Wahl kommen zu lassen und, sollte er dich als gesund erachten, auf seine Verantwortung hier herauszuholen.

- Bravo! Zumindest habt ihr ihnen Druck gemacht ...
- Wir? Aber die Leute hier sind absolut zuvorkommend.
- Sicherlich! Nur warum unterschreiben sie euch nicht, dass ich verrückt bin?

Ein überaus liebenswürdiger Mensch um die vierzig, fünfundvierzig saß an ihrem Bett, ruhig und freundlich.

- Ich habe so oder so keine Chance. Deshalb werde ich also frei von der Leber mit Ihnen reden, genau so, wie ich mich fühle. Das hier ist eine Wolfshöhle, draußen ist der Urwald, meine Freunde haben mich verlassen ...
- Niemand hat Sie verlassen. Die Klinik hat schlicht alle Besuche verboten, weil sie behaupten, es würde Sie aufwühlen. Also, ich höre Ihnen zu.
- Den Gnadenstoß hat mir Bangladesh[13] versetzt. Ich weiß - denken Sie nicht, dass ich es mir wünsche -, aber ich weiß, dass für die schwachen Völker keine Hoffnung mehr besteht. Na ja, und außerdem war auch noch Weihnachten. Es gibt nichts, was diesen tyrannischen Traum vom Glück zerstören könnte, den wir einst mit unseren Kinderaugen zu erblicken glaubten. Wie hatte ich so ins Leben hinausgehen können, mit dieser überheblichen Sicherheit, eines Tages glücklich zu werden? Dieses Himmelblau, in dem ich schwamm, wurde mir nicht vom ersten Erwachen des Bewusstseins, der Kritik, zerstört. Nein, sagte ich, irgendwann werde ich glücklich sein. Wie, von wem, auf Grund welcher Sache, welches Menschen, welches Ereignisses ... Familie, Liebe, Kinder, von allem habe ich genossen, habe mich von Ehemännern getrennt, wurde von Liebhabern verlassen, habe mich geprügelt, habe gelitten und immer gewusst, dass ich mein Leben nicht auf Dauer mit jemand anderem teilen könnte. Es anbieten, ja, mit Leidenschaft, ich habe an alles geglaubt, habe mich niedergelassen, geheiratet, Kinder geboren und alles zerstört, wieder mit der Leidenschaft des Glücks. Dann zieht Weihnachten herauf und du versuchst, warm zu werden, mit deinem Banner der Unabhängigkeit, doch das Bild von Weihnachten, das sind die Anderen,

versammelt um einen prächtigen Tisch, die hinreißenden Kleider, die wundervollen Gerüche des Essens, die glückstrahlenden Augen. Ich will nicht, dass sie mich zum Heiligen Abend einladen, fürchte, dass sie meine Einsamkeit erahnen und mich bedauern. Wir dürfen nicht Einsamkeit mit Alleinsein verwechseln. Das Alleinsein wählen wir. Die Einsamkeit wird durch die Abwesenheit oder das Verlassenwerden durch diejenigen hervorgerufen, die wir lieben. Ich wollte auch um die Einladung für Heiligabend herumkommen. Ich verehre Thodorí, den Freund, der mich eingeladen hat, sehr. Sehr viel Zeit meines Lebens habe ich für meine Freunde geopfert. Ich weiß so gut, was Alleinsein bedeutet, und habe mich dennoch nie verweigert, wenn sie mich brauchten. Doch auf einer Party würde ich nicht vermisst werden, niemand würde nach mir fragen. Darüber hinaus habe ich mittlerweile tausende von Irrtümern hinter mir gelassen, und nur eine Gewissheit bleibt. Nie hatte ich Angst vor dem Tod. Ich lebte, als sei ich unsterblich, und gleichzeitig, als gäbe es kein Morgen. Meine Gier nach Freude musste immer noch am gleichen Tag gesättigt werden. Aber ich hatte angefangen, Ihnen von Bangladesh zu erzählen. Das ist sehr wichtig. Der Punkt, es einfach nicht mehr zu ertragen, noch weiter nachzudenken. Ich wusste, wie Frauen gebären. Ich wusste, dass Menschen hungern. Wie man Liebhaber verlässt. Ich wusste sogar, wie Völker kämpfen, um ein Joch abzuschütteln. Und dann kam Bangladesh. Nein, ich wollte nichts mehr wissen. Wie soll ein Mensch in meinem Alter ohne Hoffnung leben? Lachen Sie nicht.

- Ich lache nicht, fahren Sie fort.

- Und auf einmal fühlte ich mich unerträglich müde. „Fünfzig französische Intellektuelle unterschrieben Protestnote wegen Folter in Griechenland", berichteten die Zeitungen. Als ich mir den französischen „Express" holte - damals arbeitete ich noch und konnte mir ausländische Magazine kaufen - und die erste Schilderung von Korovésis[14] las, kann sein, dass ich damals verrückt geworden bin und die hier drinnen Recht haben. Ich glaube, es war an Nikolaus. Ich war bei einem Freund eingeladen, der seinen Namenstag feierte. Ich nahm das Magazin mit zu ihm, fühlte, dass ich Fieber hatte. Alle saßen am Tisch, schneeweiße

Tischdecken, warme Platten, ein paar Modepüppchen mit ihren Pelzen und tollen Dekolletés, die Armreifen des einen Mädchens klimperten, Lachen schwirrte in der Luft und ich, „Leute, hört mal zu Leute", fing an zu übersetzen, ohne Luft zu holen. Sechzehn Seiten, was? Niemand mochte das ertragen, alle wünschten sich, mich zum Teufel zu jagen, schämten sich jedoch. Und ich machte unerbittlich weiter. Die Mädchen spielten ratlos an ihren Halsketten, mit eisigen Augen und unbewegten Gesichtern, damit das Make-up hielt, nicht verschmierte, hörten nicht zu, wollten nichts hören. Ich denke, dass uns die neue Mode, wissen Sie, diese schludrigen, weiten Kleider, die ungeschminkten Gesichter, die absatzlosen Schuhe, gut steht. Nach dem Schlag, der Griechenland ins Unglück stürzte, betrachtete man diese Schlichtheit der äußeren Erscheinung weltweit als Notwendigkeit, weil die alte zur Schau gestellte Koketterie nicht gut in eine Epoche der Trauer passt, die auch weltweit Folgen nach sich zieht.

Eines Tages rief mich Virginía Tsouderoú[15] an, Sie kennen sie, eine sehr bemerkenswerte Frau. Sie wollte, dass ich einen Appell an den Patriarchen unterschreibe, in dem die Freilassung einer Frau aus dem Gefängnis gefordert wurde.

„Warum wurde die Frau eingesperrt, liebe Lily, weißt du das? Wegen ihrer Liebe zu ihrem Mann. Sonst hat sie nichts verbrochen. Sie hat es jedoch gewagt, die Junta anzuklagen, die ihren Mann folterte, was dazu führte, dass man auch sie verhaftete", berichtete mir die überaus gerührte Virginía. Arme Virginía. Wir alle, die wir nie an der Seite eines Mannes festen Halt finden konnten, bewunderten grenzenlos diese Penelopes. Auch wieder so ein Mythos! Der von Penelope! Wissen Sie, dass Pausanías ihr Grab in Mantinea[16] fand, wo sie gestrandet war, verjagt von Odysseus wegen ihrer sexuellen Aktivitäten während seiner Abwesenheit, die zur Folge hatten, dass er sie bei seiner Rückkehr schwanger vorfand. Man sagt sogar, dass sie damals den Pánas zur Welt brachte. Abgeleitet von Pan-pántes[17] - die Frucht all ihrer Liebhaber. Wissen Sie, die Junta erlaubt den Gefangenen zu wählen, mit welcher politischen Gruppe sie im Gefängnis zusammenleben wollen. Und da alle weiblichen politischen Gefangenen zumindest fortschrittlichen Ideologien anhingen, hat die

Frau, für deren Freiheit wir unterschreiben sollten, die normalen Strafgefangenen gewählt, Huren, Mörderinnen, Diebinnen. Vor kurzem las ich, Doktor, die Hypothese eines ausländischen Wissenschaftlers. Es sei nicht ausgeschlossen, schrieb er, dass die Menschen, die sich auf der Erdkruste bewegen, Insektenarten seien, ähnlich den Parasiten, die auf Walen und allgemein den großen Meeressäugern leben. Wenn ich demnach ein Insekt bin, ist es widersinnig, Leid zu ertragen. Du leidest, um etwas zu retten, aber was, wen? Als ob die einzigen Schätze, über die wir verfügen, wir, die Griechen, die Italiener, die Inkas, die Ägypter, nichts außer den Ruinen großer Kulturen wären. Kostbarkeiten, ja, Erbstücke, aber wessen, von wem? Der Sklaven, die sie erbaut haben, und der Verbrecher, der Vergewaltiger der menschlichen Freiheit, die sie zerstört haben. Man kann es drehen und wenden, wie man will, die Geschichte stinkt. Ich, die es riskiert und alle Versionen der Freiheit durchprobiert habe, weiß, dass die einzig wirkliche Freiheit, die der Mensch erleben kann, der Augenblick ist, der ihn vom Tod trennt, wenn er sich selbst dafür entschieden hat. Wie leicht der Körper wird! Ich erinnere mich, wie ruhig ich durch die Wohnung schlenderte. Ich fühlte die Erleichterung, nicht mehr hungern zu müssen, da ich bis zum kommenden Abend, auf den ich hätte warten müssen, um bei Thodorí zu essen, nicht mehr leben würde. Als er mich anrief, hatte ich vor Freude aufgejauchzt, weil ich glaubte, dass ich gut essen würde. Und auf einmal fühlst du ein unendliches Mitleid mit deinem Körper und weigerst dich, ihn weiter zu quälen und ihn der schlimmsten Demütigung, dem Hunger, auszusetzen. Du entdeckst deine Entmenschlichung, da keine andere Stimme mehr aus dir entspringt außer Hunger, ich will essen … Jahre der Entbehrung und Disziplin. Ist das Freiheit? Und ich war nicht zum ersten Mal in Not, weil mich die Junta zur Arbeitslosigkeit verurteilt hatte! Nein! Seit jetzt siebenundzwanzig Jahren, seit ich ausbrach, meine Familie verlies und selbst über mein Leben bestimme, gleicht es einem Drahtseilakt. Und Akrobaten, wissen Sie, müssen nüchtern sein, damit sie federleicht sind während ihrer Nummer. Das habe ich Freiheit genannt. Meinen lebenslangen Hunger. Auf was habe ich nicht alles verzichtet, mich überzeugt, dass es überflüssig ist. Und wie oft bin ich satt geworden? Schon vor einiger Zeit habe ich angefangen, mich selbst zu bemitleiden. Ich sah mein Abbild in einem Zustand der Ruhe, mit liegendem Körper, den nichts mehr schmerzt, nichts mehr reizt. Dieser tapfere, mutige Körper, der alles ertragen hat, der alle Botschaften gehört hat und mir so viel gegeben hat … den Herzschlag der Erde, das Fließen des Wassers in ihrem Inneren, das Heranwachsen der Kinder, die ich geboren habe, die Zeugung der Kinder, die in mich gesät wurden. Wie viel ich ihm verdankte! Er ist meine Arche. Er, der Ruhm, er, der Liebeskrampf, er, der Tod meiner Geliebten, er, die Verweigerung der Unterwerfung. Mein Gehirn war zu nichts anderem zu gebrauchen als zur Entzifferung dieser Sprache, seiner Sprache. Mein Körper war der Empfänger der Welt und mein Befreier. Und wurde, halbtot, von drei Bestien vergewaltigt. Nicht einmal das konnte ich ihm ersparen. All meine Versuche, frei zu sein, habe ich bezahlt. Und überaus teuer. Ich wollte, dass sich seine Leitungsbahnen für immer verschließen würden. Dass ich nicht weiter gezwungen wäre, die Gewalt morden und befehlen zu hören. Sie schicken versiegelte Särge an die Eltern von Soldaten, dazu ein Schreiben, dass er sein Leben in Ausübung seiner Pflicht verlor, oder aber, dass er Selbstmord begangen habe, und verbieten es, den Sarg zu öffnen. Und die Eltern, die begraben ihr Kind versiegelt! Vor einiger Zeit las ich in einer Zeitschrift, ich habe sie zu Hause, den Leserbrief eines Offiziers. „Ich empfehle", schrieb er, „den Parthenon mit einer Kuppel gleich jenen der byzantinischen Kirchen zu überdachen, was den Touristen im Flugzeug einen wundervollen Anblick böte, statt der derzeit klaffenden Trümmer." In einer anderen Zeitung aus Messenien[18] gab es ein Dankschreiben einer Gemeinde, „da die Arbeitstrupps unserer Armee, welche die Restaurierung einer alten Kirche mit halbzerstörten Wänden und verblassenden Heiligenbildern übernommen hatten, diese von innen und außen blütenweiß, wirklich wie neu übergaben". Später stieg dann dieser Anwalt auf den Befehl von Patakós aus seinem Wagen - er war doch Anwalt? - und hob den Zigarettenstummel auf, den dieser weggeworfen hatte. Diesen Advokaten, den sollten wir noch vor Patakós an die Wand stellen. Weil an ihm tausende von Jahren der Geschichte hängen, in denen unzählige Menschen dieser Erde, bekannte und unbekannte, geboren wurden, die den Fluch der Verantwortung in sich trugen, um in uns unsere Selbstachtung zu erwecken, und die vorzeitig gestorben sind, getötet durch eben diese Verantwortung. Und was haben sie verändert in der Welt? Wie vielen Menschen haben sie Erleichterung verschafft? Wen haben sie gelehrt? Noch nicht einmal das Alphabet der Freiheit haben wir gelernt … Worte, leeres Geschwätz. Ich weigere mich, Doktor, mir weiter großkotzige Eigenwerbung anzuhören. „Ich glaube an nichts, ich erhoffe nichts, ich bin frei."[19] So? Wenn ich an nichts glaube und nichts erhoffe, bin ich zwar frei, allerdings nur um zu sterben. Ich bin frei, da mir meine Nichtigkeit absolut bewusst ist. Meine Abwesenheit wird keinerlei Lücke hinterlassen, nirgends, bei niemandem, bei keinem Menschen, in keinem Bereich, nicht in der Geschichte. Nein, es ist unmöglich, weiterhin Romane zu schreiben nach so einer Aussage. Finden wir uns damit ab. Freiheit ist kein Privileg, um zu leben, sondern der Reisepass für den Tod. Sind das nicht die Kamikaze-Krieger, die Buddhisten, die sich selbst verbrennen in Vietnam? Man kann natürlich auch weiterleben, um sich am Ergebnis zu erfreuen. Wohin führt eine solche Parole? Zu unserem heutigen empfindungslosen, verbrecherischen und gleichzeitig versklavten Menschen. Ohne Hoffnung und ohne Glauben zu leben, bedeutet ohne Ideale zu sein. Ganz egal, was kommt. Wie gut doch dem System der Verzicht des Menschen in den Kram passt! Ich natürlich, das Insekt, das erschöpfte Insekt, habe es nicht geschafft, meinen Tod darzubringen … welchen Wert hat ein erledigtes, erniedrigtes Insekt? Der Hunger, sofern er nicht als Gegenspieler deine Psyche, deinen Glauben, deine Hoffnung hat, ernährt sich von deinen Entbehrungen und streckt gigantische Fangarme aus, die dein Gehirn zusammenpressen und dir die Beine wegziehen. Du lebst, denkst, liebst, verzweifelst mit deinem Magen. Genug! Und jetzt, Doktor, sitze ich vor Ihnen, lege Rechenschaft darüber ab, welche Denkweise mich in Richtung Tod getrieben hat und entblöße vor Ihren Augen mein jämmerliches gedemütigtes Innerstes. Und warum? Um die Entlassungsurkunde von hier zu ergattern. Da ist er, der Beweis für den Erfolg des Systems. Du bringst dich um, weil die ganze Welt zu einem riesigen Gefängnis geworden ist. Und das System, repräsentiert durch diese Frau Dimákou und die Junta, schafft es, dass du daran glaubst, dass sich draußen, vor den Gittern dieser Klinik, die Freiheit befände. Und du kämpfst darum, sie wieder zu erlangen.

Als der unabhängige Psychiater die Entlassungsurkunde der Kundin unterschrieb, war es schon nach vier Uhr nachmittags. Der Direktion tat es aufrichtig leid, dass die Buchhaltung der Klinik schon geschlossen hatte und die Patientin deshalb noch eine Nacht werde bleiben müssen. „Sie werden sie morgen früh in Empfang nehmen, sollte sie bis dahin keinen Rückfall erleiden, natürlich", erklärten sie ihren Angehörigen.
 - Ein Rückfall? Wie das?
 - Das können wir nicht sagen! Die Frau ist psychisch krank. Es ist nicht ausgeschlossen, dass sie in der Nacht eine erneute Krise durchmacht.

Die Nacht kam und mit ihr kamen drei Freunde zu Besuch. Ein junges Paar und ein Schriftsteller. Sie kamen, natürlich, spät zwar, doch hatten alle drei lange gearbeitet. Es muss ungefähr acht Uhr gewesen sein, als sie ihr Zimmer betraten. Zitternd fing sie an zu erzählen. Sie konnte nichts verbergen. Ohnehin hatte sie das Gefühl, von Kopf bis Fuß eine offen daliegende Landschaft der Erniedrigung zu sein, erkennbar für alle. Am Anfang versuchte sie es mit Humor, sprach über ihren Hund, der verstanden hatte, was sie beabsichtigte, als sie die Barbiturate neben sich aufhäufte, und der dann unter ihrem Bett verschwunden war. Später berichtete sie über die schreckliche Nacht ihres Wiedererwachens. In den Augen ihrer Freunde konnte sie deren Unglauben lesen, je länger sie fortfuhr, genau wie es bei ihrer Schwester gewesen war.

 - Ihr glaubt mir nicht, stieß sie hervor. Und trotzdem ist all das g e s c h e h e n. Mein Körper hat gestunken gestern Morgen, als ich aufgewacht bin und diesen Typen auf mir fand, erklärte sie ihnen gerade, als sie hörten, wie die Tür ihres Zimmers durch einen Fußtritt geöffnet wurde. Sie selbst konnte sie nicht sehen, doch die Gesichter ihrer Freunde, die rund ums Bett saßen, wurden blass. Der Besucher hatte jedoch nicht erwartet, sie in Gesellschaft vorzufinden. Er blieb in der Tür stehen, riesengroß, um die fünfunddreißig Jahre alt, mit verschwitzten Haaren, die in die Stirn fielen, das Hemd offen.

- Die Dame hat Besuch?
- Stimmt, wir haben wohl die Zeit vergessen ... rechtfertigte sich einer ihrer Freunde.

- Nein, nein, was sagen Sie denn da, Gesellschaft tut der Dame gut, hörten sie ihn sagen, während er gleichzeitig seinen mit ihm eingetretenen Kumpanen ein Zeichen gab zu gehen. Kóstas erhob sich, schwerfällig, vierschrötig und ging in Richtung Tür. Als er kurz darauf wieder ins Zimmer kam und die Tür hinter sich schloss, schien er aufgewühlt.

- Einer von den Schweinen, die du uns beschrieben hast. Verzeih mir, ich hatte befürchtet, die sind deiner Phantasie entsprungen. Das erscheint alles derart unglaublich. Der steht auch ganz sicher unter Drogen, der Typ. Seine Augen sind gläsern, ausdruckslos.

- Kósta, genau so waren sie vorgestern Abend, aber darauf habe ich gar nicht geachtet.

- Das ist nicht ausgeschlossen, du Arme. Aber auf was solltest du auch noch alles achten in so einer Situation! Also, wendete er sich an die anderen beiden, überzeugt, dass sie von ihm die Bestätigung erwarteten: „Alles ist wahr. Und leider haben sie für heute Nacht neue Schweinereien im Sinn."

- Hat er dir das gesagt?
- So ungefähr! Er sagte: „Glauben Sie, die Dame wird morgen entlassen? Falsch, der Herr! Hören Sie auf mich, der ich mehr Erfahrung habe und seit drei Jahren hier drin arbeite. Sie werden noch an mich denken. Die Dame wird heute Nacht einen Rückfall haben. Leider werden wir gezwungen sein, sie wieder zu fixieren ..."

- Die kommen wieder ...
- Beruhige dich, meine Liebe. Zum Glück steht er unter Drogen und hat sich verraten. Und uns gibt es ja auch noch, wir werden ihnen den Plan zunichte machen. Diatsénta wird bei dir bleiben.

Sie blickte enttäuscht zu Diatsénta. Sie war so klein, so dünn. „Ich hab Angst", flüsterte sie. Sie zitterte am ganzen Körper.

- Man braucht niemanden, der genau so riesig ist wie diese Verbrecher, um dich zu beschützen. Ein Zeuge genügt. Ich werde es ihnen gleich sagen, wenn wir gehen, und du wirst sehen, in was für Lämmchen sie sich verwandeln. Beruhige dich, bitte. Und Morgen kommen wir wieder und holen dich ab.

Die Vorhalle im ersten Stock füllte sich am anderen Morgen mit Freunden, die kamen, um sie nach Hause zu begleiten.
- Gehen wir, sagte sie und ging die Treppe hinab. Sie durchquerte die Halle und trat hinaus, in den strahlenden Sonnenschein eines Januarmorgens, auf ihren lächelnden Lippen den Geschmack einer neuen, phantastischen Freiheit. Das Leben gewinnt!

Über die Einsamkeit

Einsamkeit Eins
Spuren

Es regnete heftig, doch sie würde schon nicht ertrinken, wenn sie schnell zum Kiosk an der Ecke rannte, um die Zeitung und Zigaretten zu holen. Ihr Regenschirm hatte an einigen Stellen Löcher und es tropfte hindurch. Sie fühlte sich überglücklich mit den Regentropfen auf ihrem Gesicht. Auf dem Rückweg presste sie voller Ungeduld die Zeitung unter den Arm. Am Montag waren die Abendzeitungen immer eine besondere Freude für sie. Das sonntägliche Schweigen erfüllte sie mit der Hoffnung auf unerwartete Neuigkeiten. Während sie die wenigen Treppenstufen zum ersten Stock hinaufstieg, öffnete sie ihre Tasche, um die Schlüssel herauszukramen. Da sah sie es. Dort, direkt vor ihrer Tür bildeten sie kleine Buckel. Pralle, dicke Tropfen, die an einem Regenschirm hinab gelaufen waren, den jemand dort, vor ihrer verschlossenen Tür stehend, in der Hand gehalten hatte, während er klingelte. Doch wo war sie gewesen? Frische Tropfen, erwiesenermaßen gerade eben erst abgetropft, da sie noch nicht ineinander gelaufen waren. Sie starrte sie mit weit aufgerissenen Augen an: „Jemand war hier. Jetzt, gerade eben. Wer? Aber ich war doch nicht mal fünf Minuten weg!", rechtfertigte sie sich vor sich selbst und bückte sich, gierig, forschend die stillen Zeugen betrachtend, bis sie sich auf den Knien wieder fand. „Aber wer war hier, wer?", rief sie, die dicken Tropfen anstarrend, die ihr Geheimnis teilnahmslos für sich behielten. „Wer war hier?", schluchzte sie nun weinend und wischte sich verärgert ihre mit Tränen gefüllten

Augen, so als hinderten diese sie daran, die Identität des Besuchers herauszufinden. „Und warum, warum hat er nicht gewartet …? Ich bin doch sofort zurückgekommen …"

Einsamkeit Zwei
Zwei Mal Lächeln: 307 Drachmen

„Ich bitte dich, geh auf die andere Straßenseite hinüber, hör auf mich, wir haben gerade mal dreihundertfünfzig Drachmen für die ganze Woche, bis zum kommenden Montag, wenn die nächste Rente ausgezahlt wird ...", predigte sie sich pausenlos vor, bis sie dann doch mit der Nase am Schaufenster der Buchhandlung Kaufmann hing. Ach, schau an, das Buch von R. ist erschienen. Also das, das wollte sie auf jeden Fall lesen. Was das wohl kostet? Bis zu einhundert Drachmen könnte sie, verdammt noch mal, ausgeben. Dann würden ihr noch zweihundertfünfzig bis Anfang der kommenden Woche bleiben. „Die werden dir fehlen. Du hast nicht mal einen Zehner übrig ... Wenn du jetzt zum Ladeneingang hochgehst, dann hacke ich dir die Füße ab", drohte sie sich, während sie schon die Treppe hinaufstieg. „Ich werde nichts kaufen. Mich einfach nur kurz umschauen."

Sie fühlte sich immer so wohl hier! Sie ging zu dem Büchertisch, der sie interessierte. Mit den Augen versuchte sie das Buch von R. zu finden, das sie unten im Schaufenster entdeckt hatte. Es war nirgends zu sehen. Eine dickliche Verkäuferin mit krausem Haar und kindlichem Gesicht begrüßte sie mit einem Lächeln.

- Ich glaube, sagte sie zaghaft, dass ich unten das neue Buch von R. gesehen habe.

- Sofort. Das letzte von dieser Ausgabe steht im Schaufenster. Ich lasse es Ihnen holen, erwiderte sie hilfsbereit und verschwand für einen Augenblick. Sie hatte sie aufhalten wollen, jedoch eigentlich kaum eine Chance gehabt.

- Ich habe außerdem noch dieses hier, vernahm sie die freundliche Stimme der Verkäuferin neben sich. Das allerneueste Buch von R., und sie drückte ihr einen Band in die Hand.

- Nein, entfuhr es ihr überrascht, kann ich einen Blick hineinwerfen? Sie kramte ihre Brille hervor und begann gierig das Vorwort zu lesen. „Und nun", fragte sie sich, als sie geendet hatte, „was machen andere in dieser Situation? Wie lästig gute Verkäufer sein können!" Sie legte R. auf den Tisch zurück und begab sich zu einem Korb mit Sonderangeboten.

Ihr fiel ein, wie sie sich am Lebensmittelgroßhändler am Mavílis-Platz gerächt hatte, nachdem sie aus Frankreich zurückgekehrt war, ein Jahr nach der Machtergreifung der Junta. Auch zuvor, v.J., hatte sie dort eingekauft. Sie war nie reich gewesen, hatte jedoch immer anständig und ganz passabel gelebt. Ihr damaliger Mann war durch und durch Fleischesser. Dazu bestimmt den Hunger von mindestens drei Generationen seiner Vorfahren zu stillen. Sie kauften also große Mengen an Fleisch und Früchten ein. Der Lebensmittelgroßhändler, dessen Laden eine Art Vorläufer heutiger Supermärkte war, versorgte sie auch mit Whiskey und allem anderen, was sonst noch in einem Haushalt gebraucht wurde und schätzte sie sehr.

Als sie zurückkehrte, inzwischen n.J., lebte sie erbärmlich. Einmal in der Woche ging sie zum gleichen Lebensmittelhändler und kaufte eine importierte, extrem billige Fertigpackung Hühnerleber. Damit kamen sie und ihr Hund, ein winziger, kurzbeiniger Geselle, eine ganze Woche lang über die Runden. Als der Ladenbesitzer sie zum ersten Mal wiedersah, überschlug er sich fast vor Freundlichkeit. „Was darf es denn sein, verehrte Dame?", und Verbeugungen obendrein. Nachdem er jedoch bemerkte, dass sie ständig die Hühnerleber in der Halbkilo-Packung nahm und danach für eine komplette Woche nicht mehr auftauchte, fing er an, ärgerlich zu werden. Vielleicht dachte sogar er am Anfang noch, sie tätige ihre Einkäufe woanders. Jedenfalls haben all diese Geschäftsleute eine überaus sensible Nase für den Inhalt von Geldbörsen. Er begriff also, dass die Dame keine betuchte „Dame" mehr war und ließ sie jedes Mal ewig warten, bis er ihr die Packung Hühnerleber gab. Irgendwann beschloss er sogar, dass es keinerlei Sinn mache, sich für diese arme Schluckerin zu verausgaben. Er sah sie mit ihrem Hund auf dem Arm hereinkommen. „Was wünscht die Dame?", fragte er sarkastisch, bereit seinen Schlag zu landen. „Eine Packung Hühnerleber, bitte."

„Haben wir nicht, bestellen wir auch nicht mehr!"

„Bestellen Sie nicht mehr? Und jetzt?", fragte sie ihn in einem Tonfall, als bräche das Unheil der Welt über ihrem Kopf zusammen. „Und was soll jetzt aus mir werden?"

Der Lebensmittelhändler sah sie überrascht an. „Er da", plauderte sie nun im unschuldigsten Tonfall der Welt, auf ihren Hund zeigend, „frisst nichts anderes, aber rein gar nichts, außer Hühnerleber. Und Sie sind der einzige in der ganzen Gegend, der sie führt." Der Lebensmittelhändler starrte sie mit aufrichtigem Hass an. Sie hatte es geschafft, in ihm Zweifel daran zu wecken, ob sie tatsächlich absolut pleite war oder ob sie seinen Laden nur betrat, um die Hühnerleber zu holen, und alles Übrige woanders einkaufte.

Sie musste lächeln! Immer wenn sie an diese Szene dachte, lächelte sie mit sadistischer Freude. Die Verkäuferin beobachtete sie und sah ihr Lächeln in dem Augenblick, als sie aus der Tiefe des Korbes ein schön gebundenes rotes Buch zog. „So was! Ein Tacitus", entfuhr es ihr. „Und was für eine schöne Ausgabe!"

„Und sehr preiswert", informierte die Verkäuferin sie lächelnd, „nur siebzig Drachmen."

„Was Sie nicht sagen! Nur siebzig!" Armes Mädchen, wenn du wüsstest. Auf der Suche nach einem Ausweg drehte sie das Buch in ihren Händen. Einen R. würde sie natürlich auf jeden Fall nehmen, sobald ihre Rente eintraf. Sie blickte auf, entschlossen abzulehnen. Das Gesicht der Verkäuferin, freundschaftlich, mit einem vertrauten, warmen Lächeln, war dem ihren direkt gegenüber. „Also", fragte sie, „die zwei R. und den Tacitus?" Sie fühlte, wie ihre Abwehr zusammenbrach.

- Nein, nein, das ist zu viel des Guten, nein … ein anderes Mal.

Sie sah die Verkäuferin die zwei Bände des R. auf dem Quittungsblock notieren. „Na wunderbar, du Dummkopf, reingefallen. Eine Woche Reis, anstatt die beiden ersehnten Bücher abzulehnen. Aber die junge Frau war so liebenswürdig!" Trotzdem spürte sie ein leichtes Unbehagen in sich aufsteigen. Kleine Schweißperlen standen ihr auf der Stirn, als sie mit der Quittung in der Hand, ohne es auch nur zu wagen, diese anzusehen, nach unten ging. Auf halber Treppe holte die Verkäuferin sie ein und streckte ihr lächelnd eine zweite Quittung entgegen. „Ich habe Ihnen den Tacitus zum halben Preis gegeben, er ist am Buchrücken ein wenig beschädigt", flüsterte sie verschwörerisch. „Sie wollten ihn doch so sehr!" Sie sahen sich in die Augen und lächelten wie zwei Komplizinnen. „Danke, ganz ganz herzlichen Dank", und sie schritt beschwingt die wenigen Treppenstufen hinab. „Wie liebenswürdig doch die Menschen sind! Wie liebevoll!" Fast trällerte sie innerlich, als sie an der Kasse ankam. Sie nahm das Restgeld, dreiundvierzig Drachmen, und trat glücklich auf die Straße hinaus.

Einsamkeit Drei
Ungefähr so wurde der Heilige Charálambos rehabilitiert

Sie kniff ihre Augen, die das Bild des jungen Rekruten genau bewahrt hatten, fest zusammen. Sie wollte ihn nicht verlieren. Der Traum war so lebendig gewesen. Warum hatte er nicht mit ihr gesprochen? So im Halbschlaf hätte sie sich beinahe bewusst darüber freuen können, sich ein wenig mit ihm zu unterhalten. Und alte Zeiten wieder aufleben lassen, wenn sie verzweifelt in ihrer Erinnerung geforscht hätte, ob es sich nicht um einen alten Bekannten handelte. Aber er sprach nicht zu ihr. Er stand nur überaus lebendig vor ihr, von Angesicht zu Angesicht, und sah sie an. Sie konnte sich nicht erinnern, je ein so ausdrucksstarkes Gesicht gesehen zu haben. Sie hätte es zeichnen können, besäße sie das Talent dazu. Wenn sie ein Kind gehabt hätte, einen Sohn, so hätte sie ihn sich genau so gewünscht. Oder war es vielleicht doch eine Gestalt gewesen, die sie jahrelang in sich eingeschlossen hatte, wartend ... Was war sie für eine Idiotin gewesen! Viel zu spät war ihr klar geworden, wie einfach es war, ein Kind zu bekommen, ohne zu heiraten.

Sie öffnete ihre Augen. Ein feindseliger Tag, von eisiger Kälte, erhellte lustlos die Scheiben. Was für ein Traum! Unmöglich, dass heute nichts passierte. Du wirst sehen, dass auf jeden Fall etwas geschehen wird. Diese Gewissheit erfüllte sie mit genug Mut und Freude, um unter den warmen Decken hervorzukommen. Sie ging direkt zur Haustür, öffnete sie und griff nach Milch und Zeitung. Eine Katze sprang aus einem unsichtbaren Versteck und schlüpfte hinein, bevor sie die Tür schloss. „Kommst du auch mal wieder, Herumtreiberin? Dass du dich nicht schämst!" Die Katze rieb sich schnurrend an ihren Beinen. „Mich kriegst du nicht rum mit deiner Schmuserei. Verschwindest die ganze Nacht und erscheinst erst im Morgengrauen, du Scheusal." Die Katze folgte ihr miauend in die Küche. „Ja, ist ja gut, ich kann sie dir doch nicht eiskalt geben. Und jetzt auch noch drängeln. Ich beschwere mich doch auch nicht, dass du mich ganz alleine lässt." Die Katze verstummte erst, als der Topf auf dem Herd stand. Der Duft der Milch verbreitete sich ringsum. Frau Maírie nahm den Plastiknapf vom Boden. „Ich bin nicht wie du, bin nicht so eine Egoistin. Heute tue ich dir sogar noch Zucker hinein, damit du kräftiger wirst ... du darfst süße Milch trinken, du Weibsstück."

Sie goss auch sich ihre Tasse voll und setzte sich in ihre Lieblingsecke, in den roten Samtsessel. Sie schlug die Zeitung auf und warf einen kurzen Blick hinein. „Überschwemmungen, Schneefälle, eingeschneite Fahrzeuge ..." Vollidioten, Neureiche, Affen! Die Griechen können nicht mehr ohne Wintersport leben! Ich hasse Schnee. Hasse die Kälte. Ständig zerrt sie an deinem Gehirn und hält es wach. Wenn die Sonne scheint und der Himmel dich blendet, vergisst du. Nein, bei Sonnenschein wirst du niemals von menschlichem Leid, Elend und Einsamkeit geplagt. Doch wie sollst du bei der Eiseskälte den Menschen entrinnen? „Todesfälle". Irgendein Bekannter? Nein! „Namenstage" - Am heutigen Namenstag des Heiligen Charálambos, bitten von Besuchen abzusehen ...[20] Gibt es nicht irgendeinen Charálambos, dem sie gratulieren könnte? Keinen einzigen? Schade! Ihre Mutter hatte ihr immer erzählt, wenn man im Traum einen Soldaten sähe, sei dies der Heilige Charálambos, eine große Ehre, weil man von seiner starken Macht beschützt werde ... Sie lächelte. „Ich weiß nicht, wie Menschen altern. Na ja, ich bin ja auch noch nie alt geworden! Aber diese Zärtlichkeit, die mich überschwemmt, wenn Vergangenes, Idiotisches, Unsinniges, Naives, was es auch immer sei, in mir aufsteigt." Sie fühlte, wie sich ihr Lächeln gleich Handflächen über die dunklen Schatten der Vergangenheit legte.

„Ich werde alt."

Die Katze tauchte aus der Küche auf, setzte sich zu ihren Füßen und fing an, sich zu putzen. „Und sobald es Abend wird, verschwindest du wieder wie der Blitz. Du Rumtreiberin. Aber du verpasst etwas. Wir kriegen Besuch heute Abend. Bleib hier, und du wirst sehen."

Lampenfieber ergriff sie. Leise vor sich hinsingend wischte sie Staub. Sie fegte, drapierte ein paar trockene Zweige in ihrer Tonvase - wie sehr sie das liebte! Sie ging auf und ab, betrachtete die beiden Zimmer und sagte zu sich selbst, „Na, dann wollen wir doch mal sehen, Mama, wie gut du als Traumdeuterin warst." Sie hielt inne und lauschte irgendwelchen Schritten, die vorbeieilten. Es war kaum zu glauben, der Traum würde sich aufklären. Es hatte sich immer aufgeklärt, wenn sie so lebendig geträumt hatte. Nur dass sie immer seltener träumte, je älter sie wurde. Einst hatte ihr jemand erklärt, die meisten Träume seien sexuell, oder besser gesagt, durch die Sexualität der Träumenden angeregt. Es war, als sie über einen Traum berichtet hatte, den sie immer wieder träumte und der sie sehr glücklich machte. Ach, sie träumte, die Arme auszubreiten und zu fliegen. Wie wohl sie sich fühlte! Sie war so jung damals.

Die Wanduhr schlug vier. Der Tag zog sich eilig vor den Fenstern zurück, so als könne er es kaum erwarten, Feierabend zu haben. Die Wohnung wurde trostlos, als die Helligkeit sie verließ. Doch sie machte kein Licht, da dies die Nacht größer werden ließ. Und die Stille. Und die Abwesenheit. Die Menschen wären nicht auf andere angewiesen, käme nicht die Nacht, um sie auszulöschen. Hör dir das an! Sie solle ins Altersheim ziehen! Die Tochter ihrer Schwester hatte ihr das vor kurzem vorgeschlagen. Weil sie sich bei ihr beschwert hatte, dass sie nicht etwas öfter zu Besuch kommen würde. „Aber Tante, warum lebst du auch so ganz alleine hier drin, du Arme? Solange du noch gearbeitet hast, ging es ja noch. Da war dein Leben irgendwie erfüllter. Jetzt hast du eine schöne Rente. Warum ziehst du nicht in eine dieser Privateinrichtungen, wo man sich um dich kümmern würde und du dir nette Gesellschaft suchen könntest?"

Sie hatte verstanden! Alles, aber auch restlos alles wird in Geschäftemacherei und Ausbeutung umgewandelt. Auf der ganzen Welt wurde bisher nicht eine Revolution richtig zu Ende geführt. Und immer zogen zum Schluss diejenigen den Nutzen daraus, die der Grund für den Aufstand waren. War es nicht genau so mit den Blumenkindern? Den Hippies. Wie wundervoll sie begonnen hatten! Doch eine Handvoll habgieriger Geldgeier - möglicherweise die gleichen, deren von ihren Kindern verlassene Häuser vereinsamten - kamen auf die geniale Idee. Sie machten aus der Rebellion ihrer Kinder einen Götzen. Es lebe die Jugend! Nieder mit den Alten, den Unbrauchbaren. Sie hetzten die Jugend der ganzen Welt auf, ermutigten sie, unwiderruflich ihre Wurzeln zu verleugnen, für immer mit ihren Familien zu brechen, und erschufen so eine neue Kategorie von Waisen: die Eltern.

Ein gewaltiger Krater riss im Herzen der Gesellschaft auf. Dort hinein gossen sie die Fundamente der neuartigen Ausbeutung. In nur fünfzehn Jahren füllte sich die Welt mit Altersheimen, dieser neuen Erscheinungsform der Warenbeziehung, die momentan in voller Blüte steht. Damit dieser Geschäftszweig jedoch erblühen konnte, mussten zuerst die blutjungen Herzen vertrocknen, mussten ihre Menschlichkeit verlieren. Die Verbrecher industrialisierten die schmerzlichste Periode des menschlichen Lebens. Und auch die Jugend wurde selbstverständlich wieder eingepfercht. Natürlich, aber wenn ... Die Klingel. Es hat geläutet. Ja, jemand klingelt! Der Widerhall drang melodisch in ihr Ohr und strömte voller Versprechungen bis in ihre Zehenspitzen hinab. Wer wird das sein? Sie verharrte unbeweglich, verzückt, als es wieder läutete. Mein Gott, er wird gehen. Sie rannte leichtfüßig zur Tür, nicht existierende Fussel von ihrem makellos sauberen Jäckchen zupfend. Als sie öffnete, sah sie zuerst einen Blumenstrauß. Blumen? Wer kann das sein? In ihr stieg Lachen hoch. Aber Blumen! Dann sah sie sein Gesicht hinter dem Bukett. Jugendlich, ratlos, fast noch kindlich.

- Entschuldigung bitte, wohnt hier ein Herr Georgíou?

Er trug keinen Mantel. Hier und da glänzten rote Flecken in seinem blassen Gesicht, das nass zu sein schien.

- Hier wohnt kein Georgíou. Was für eine Adresse haben sie dir gegeben?

Er zeigte ihr einen Zettel, Charálambos Georgíou, mit ihrer Adresse.

- Das ist falsch, mein Junge.
- Falsch? Und jetzt? Wohnt er vielleicht über Ihnen?
- Nein, mein Kind, über mir wohnt der Hausbesitzer.
- Dann eventuell irgendwo hier in der Nähe und man hat mir nur die falsche Hausnummer gegeben?
- Woher soll ich das wissen, Kind! Aber warte mal, Charálambos Georgíou hast du gesagt? Den werden wir im Telefonbuch finden. Komm rein, du zitterst ja. Hast ja auch keinen Mantel an. Regnet es, mein Junge? Dein Gesicht ist ganz nass. Der Junge lächelte sie beim Eintreten an und murmelte etwas wie: „Ja, es nieselt." Plötzlich erinnerte sie sich an die Augen. Und jetzt fiel es ihr ein, das Gesicht war genauso ernst wie das des Soldaten in ihrem morgendlichen Traum.
- Setz dich, du brauchst dich nicht zu schämen. So setz dich doch.

Der Junge blickte sich unruhig um.
- Du bist schon länger unterwegs, was? Warte, ich hol dir einen Kognak, zum Aufwärmen, möchtest du?
- Nein, nein, machen Sie sich keine Mühe ...
- Es macht mir keine Mühe, ganz bestimmt nicht. Außerdem habe ich den ganzen Tag nichts getan ... Lächelnd öffnete sie das Buffet. „Andauernd habe ich irgendetwas gemacht", dachte sie, „während ich gewartet habe ... tja, arme Mama, ganz schön armselig der Schutz deines Heiligen ... so eine unbedeutende Gelegenheit, um ein paar Worte zu wechseln. Was soll`s, jetzt werden wir erst mal den durchgefrorenen Jungen aufwärmen."
- Leg die Blumen da hin.
- Nein, nein ...
- Na, die wird dir schon niemand wegnehmen, da direkt neben dir.

Doch der Junge hielt sie fest. Mit seiner freien Hand nahm er den Kognak und leerte ihn in einem Zug. Sie hörte seine Zähne klappernd ans Glas stoßen. Sie bückte sich zu dem Tischchen, das neben ihm stand, um das Telefonbuch zu nehmen. Der Junge riss eine Eisenstange aus dem Blumenstrauß und hieb damit auf den gesenkten Kopf. Für den Bruchteil einer Sekunde blieb die Frau regungslos, dann brach sie mit einem dumpfen Poltern über dem

Telefonbuch, das sie noch in der Hand hielt, zusammen. Der Junge fing an, das eisige Zimmer zu durchsuchen, stellte es komplett auf den Kopf und flüsterte mit wachsender Wut: „Nichts, nichts, nichts." Er drehte sich erneut zu ihr um und trat auf sie ein. „Wo hast du es, scheiß Alte, wo ist dein Geld?" Der Körper der Frau sackte schlaff zur Seite. Ihr Mund lächelte. Aus ihrer Jackentasche glitt eine abgenutzte Geldbörse. Er riss sie an sich und zog einen Hunderter und zwei Zehner heraus. Fluchend öffnete er die Tür und verschwand. Auch die Katze wollte hinaushuschen, kam dann jedoch zurück und blieb maunzend neben der Frau sitzen.

Einsamkeit Vier
Ein Alter und noch ein Alter

Alle mieden ihn. Alle alten Bekannten und Freunde hatte er schon zwei, drei Mal angepumpt. Mittlerweile konnte er sich von niemandem mehr etwas leihen. Einige wichen ihm aus, aus Angst, er könnte sie erneut ansprechen. Andere, weil sie wütend wegen des geborgten und nie zurückgezahlten Geldes waren. Von einem Misserfolg zum nächsten streifte er einsam umher, als sei er ein Aussätziger. Niemand suchte mehr seine Gesellschaft. Im tiefsten Innern freuten sie sich, heute denjenigen verachten zu können, den sie in der Vergangenheit so sehr um seinen Erfolg beneidet hatten. Manche seiner alten Bekannten mieden ihn sogar deshalb, weil sie sich dafür schämten, dass sie ihm kein Geld mehr leihen wollten. Sein Name hatte in ihren Ohren noch immer etwas von seinem alten Glanz bewahrt. Und António, der dies bemerkte, nutzte es aus, wo immer er konnte. Unfähig, die vielen Schulden zurückzuzahlen, wurde er immer dreister und trat seinen Gläubigern mit Zynismus entgegen. „Na gut, ist schon in Ordnung", rief er verächtlich, „ich kann`s dir nicht zurückzahlen. Aber dir schuldet nicht irgendein Dahergelaufener Geld! Es ist eine Ehre für dich, dass es dir vergönnt war, einem António Geld zu leihen."

Er vereinsamte mit jedem Tag mehr. Auch grüßten ihn immer weniger Menschen. Und jetzt, da er endgültig kein Geld oder Einkommen mehr hatte und es also auch keinen Sinn machte, abends in den Club zu gehen, da er nicht spielen konnte, fand sich niemand mehr, der seine Gesellschaft wünschte. Immer wenn er melancholisch das Kafenío Zacharátou betrat, hatte er die Hoffnung, dass sie ihn an irgendeinen Tisch rufen würden. Letzten Endes saß er jedes Mal allein. Er beobachtete die Gleichaltrigen ringsum, bleich und gebeugt wie er selbst, doch hatten sie bedingungslos vor dem Alter kapituliert. Und er beneidete sie dafür. „Wie schaffen sie das nur?", fragte er sich. „Wann wird dieser Halunke in mir endlich aufhören, ein verrücktes, quicklebendiges Kind, einen Vagabunden mit sich herumzuschleppen wie eine zweite Haut, so als säße es auf mir drauf, immer bereit, mit dem Ball der Nachbarskinder zu kicken!"

Er begehrte junge Frauen. Alle jungen Frauen der Welt. Wenn er Geld besaß, ging er in die kleine Konditorei an der Ecke, bestellte süßes Gebäck, das er nie aß, gab der Bedienung einen Zehner und fasste ihr zwischen die Beine. Es tröstete ihn, dass seine Altersgenossen ihn für seine unbezwingbare jugendliche Lust beneideten - ohne dass ihn dies vor der Einsamkeit, zu der sie ihn verurteilt hatten, bewahrt hätte. Eine Einsamkeit, die ihm Stiche versetzte, seinen ganzen Körper durchbohrte, die durch Mark und Bein ging. Vielleicht … vielleicht kennzeichnet das Verlassensein das Alter? Oder im Gegenteil, seine fortgesetzte Vitalität, die ihn daran hinderte, Verzicht zu üben und wie seine Altersgenossen ein anständiger älterer Herr zu werden?

Ohne jemals eine Antwort auf seine Fragen zu finden, bezahlte er dann den Kaffee und machte sich auf den Weg zum Club.

Heute ging er im wahrsten Sinne des Wortes zitternd vor Anspannung von zu Hause weg. Gestern hatte ihm der Briefträger die Rentenanweisung gebracht. Er hatte sie sofort eingelöst. Und war entschlossen gewesen, seiner Frau mittags die Miete zu geben. Aber es ist ein so beruhigendes Gefühl, Geld im Portemonnaie zu haben. „Macht nichts", sagte er sich, „morgen ist auch noch ein Tag!" Aber am Abend, als er ein weiteres Mal keine Antwort auf seine Einsamkeit gefunden hatte, begab er sich zum Club, die Rente wärmend an seiner Brust. Warum hatte er das getan? Warum hatte er ihr das Geld nicht nachmittags, als sie es von ihm forderte, gegeben? Weil er sie tödlich hasste. Es gefiel ihm, sie zu quälen. Jedes Mal, wenn sie ihn anblickte, sah er, wie die Summen, die er am Spieltisch, auf der Pferderennbahn oder beim Roulette verspielt hatte, an ihrem geistigen Auge vorbeizogen: Fabriken, Immobilien, die Aussteuer seiner Töchter, all die Früchte seiner eigenen Hände Arbeit. Er senkte den Kopf, um den Ansturm ihrer Missbilligung, ihr feindliches Schweigen, die hoffnungslosen Blicke seiner Töchter und die zärtlichen Blicke seiner Enkeltochter aus seinen Gedanken zu verdrängen, und stieg in den Bus.

Der Antónis im Bus! Auf dem Weg zu Stéfanos. Dem er eine Menge schuldete! Jede Menge. Na ja, eine lächerliche Summe. Genug auf jeden Fall. Aber Stéfanos war der Nachgiebigste von all seinen Freunden und Bekannten, so liebenswürdig und intellektuell, einer, der sich schämte, ihm etwas zu verweigern. Stéfanos hatte es ihm einmal selbst gesagt: „Antóni, ich bitte dich, versuche nie wieder, dir Geld bei mir zu leihen. Es ist mir peinlich, dich daran zu erinnern, wie viel du mir bereits schuldest. Ebenso schäme ich mich, dich zu beleidigen und dir nichts zu geben. Versteh mich doch. Es ist mir unangenehm, dich zu erniedrigen, weil es deiner unwürdig ist." Genau so hatte er es erklärt. Und Antónis hatte sich nie wieder Geld von ihm geliehen und ihn nun seit gut zwei Jahre nicht mehr belästigt. Na ja, um die Wahrheit zu sagen, er hatte ihn nicht mehr getroffen. Weil der arme Stéfanos nicht mehr unter Leute ging. Er hatte erfahren, dass Stéfanos fast gänzlich erblindet war und eingesperrt in seinem kleinen Häuschen in Fáliro lebte.

Er läutete. Nichts! Nervös drückte er erneut auf die Klingel. Und wenn er nicht zu Hause war? Wenn er gestorben war, ohne dass er es erfahren hatte? „Ja, ja, sofort", vernahm er endlich Stéfanos raue Stimme. Und danach schlurfende, tastende Schritte, und erneut: „Gleich, ich mache schon auf!" Mit einem Verlangen und einer Ungeduld in der Stimme, als fürchte er, der Besucher könne ihm davonlaufen. Also sah er mittlerweile gar nichts mehr! Irgendwann ging die Tür auf. Stéfanos, stattlich, aufrecht - warum war er nicht krumm und bucklig wie alle anderen? - mit schwarzen Brillengläsern und nach vorne ausgestreckten Armen, noch aufgeregter die Leere absuchend, als es der Klang seiner

Stimme hatte vermuten lassen, gierig, wie die Fangarme einer Krake. „Wer ist da?" Jetzt berührte er ihn. „Wer bist du, mein Freund!?"

- Ich bin es, Antónis.

Die riesigen Arme Stéfanos drückten ihn schon an die breite Brust.

- Antóni! Mein Freund, Antóni, wie ich mich freue! Wie sehr ich mich nach dir gesehnt habe. Was für eine Freude, was für ein Geschenk, so früh am Morgen. Los, komm, setz dich! Erzähl! Schieß los, du verrückter, rüstiger, nicht unterzukriegender Antóni! Ach, du Glückspilz! Du hast noch immer die feurigsten, die strahlendsten Augen, die mir je begegnet sind. Unwiderstehlich, hat die Elli sie genannt, nicht wahr? Erinnerst du dich? Du hast sicher gehört, wie es um mich steht. Ich sehe fast gar nichts mehr, mein lieber Antóni. Das eine Auge ist komplett blind. Ins andere fällt noch ein kleiner Lichtstrahl. Das einzige, was ich noch erkenne, ist Tageslicht, aber auch nur bei blendendem Sonnenschein. Hier drinnen im Haus ist alles gleich: absolute Finsternis. Doch los, erzähl mir etwas! Erzähl, damit ich deine schöne volle Stimme höre, die deine Zuhörer immer bezaubert hat ...

- Ja, armer Stéfano! Das mit deinen Augen habe ich gehört. Du kannst dir nicht vorstellen, was für Sorgen ich mir gemacht habe! Mein Gott, hat mir das Leid getan.

- Ach, Antóni, Antóni, wiederholte Stéfanos zärtlich, auf dem Tisch seine beiden Hände festhaltend, die er nicht aufhörte zu streicheln. Was für eine Freude, dass du gekommen bist!

Ich habe auch einen Brief von Thália bekommen. Erinnerst du dich an Thália, Antóni? Liest du ihn mir vor? Was für eine Frau! Wenn Thália nicht gegangen wäre ...

- Jetzt mach aber mal halblang, Stéfano, du hast sie doch rausgeworfen ...

Stéfanos tastete auf dem Tisch herum, bis er eine Schachtel fand und sie öffnete.

- Du hast Glück. Das sind die Pralinen, die dir schmecken, die mit der Sauerkirsche ... und als sie mir die vor kurzem vorbeigebracht haben, musste ich an dich denken ... nimm dir ... hast du? ... Der auch, dachte ich bei mir, der Antónis hat mich auch abgeschrieben. Hast du dir genommen?

- Ja, Stéfano, danke ... Ich dich abgeschrieben? Kann man Freunde abschreiben?

- Nimm dir noch eine! ... Wie du sagst, was hätte es gebracht, wenn ich mit ihr zusammen geblieben wäre? Ein dreißigjähriges junges Mädchen und ich mit zweiundsechzig. Was würde sie jetzt wohl tun? Könnte ich ihr vielleicht noch in die Augen schauen? Welch wunderbare Augen! Erinnerst du dich, lieber Antóni, an ihre Augen? Wie hast du sie genannt? Glitzernde Meeressteine. Oder könnte ich vielleicht ihren Körper sehen. Was für ein Busen! Und die Brustwarzen, hm? Hast du noch deine Elli?

- Machst du Witze, Stéfano? Wir sind alt geworden, Ärmster! Meinst du, in unserem Alter kannst du dir ohne Moneten eine Geliebte halten? Sie hat geheiratet.

- Geheiratet? Bravo, aber du Armer bist allein zurückgeblieben.

Antónis bereute es im selben Augenblick, dass er ihm Ellis Hochzeit verraten hatte. Damit hatte er eine phantastische Möglichkeit vertan, sich irgendwelche Märchen über irgendein angebliches Bedürfnis von Elli auszudenken. So ausgehungert wie Stéfanos nach Liebesgeschichten war, hätte es ihn gerührt, ohne sein Misstrauen zu wecken.

- Du hast Recht, Antóni, wir sind alt geworden! Aber du hast Glück. Du hast jung geheiratet. Jetzt hast du deine Frau und erwachsene Töchter. Was macht deine Älteste, hat sie geheiratet?

- Die und heiraten!

- Schade! Ein hübsches Mädchen, und anständig. Nicht zu vergessen, dass sie dich liebt, du Glücklicher! Du brauchst dich vor nichts zu fürchten. Ich dagegen, was wird aus mir? Eine Frau kommt von zwei bis um sechs hierher, danach ist Stille. Du hast keine Ahnung, was es bedeutet, in diesem leeren, geräuschlosen Haus zu leben. Es gibt Momente, in denen ich glaube, verrückt zu werden. Hilfe, brülle ich innerlich! Wenn ich anfange, es laut hinauszuschreien, dann wird es das Ende sein, denke ich. Halt aus, Stéfano, sage ich mir. Was bringt es? Wird dich vielleicht jemand hören, auch wenn du noch so laut schreist? Wird irgendjemand Schmerz empfinden ob deiner Vereinsamung? Und, Antóni, dazu verurteilt zu sein, nicht einmal mehr lesen zu können! Es ist schrecklich, nein, du kannst das nicht verstehen. Dir geht es ausgezeichnet, was?

In dem Versuch, ihn zu sehen, beugte er sich liebevoll hinüber. Er tätschelte ihn und wiederholte: „Dir geht`s ausgezeichnet."

Mein Gott, was für ein Redeschwall, dachte Antónis. Wie soll ich es da schaffen, mit ihm zu sprechen?

- Schön, Antóni, das Leben ist so wundervoll. Doch die Natur ist unerbittlich. Und die Zeit. Sie verschleißt und zerstört alles, ohne Gnade! Niemand hat uns darauf vorbereitet, in die Einsamkeit einzudringen. Hör dir das an, Einsamkeit! So ein kleines Wörtchen. Ein kleines, bescheidenes Wort, oder etwa nicht, für den tiefsten und empfindungslosesten Abgrund, der auf uns lauert, wenn wir alt werden. Doch in uns, quicklebendig erhalten wir da all unsere durch das Leben gewonnene Empfindsamkeit. Was verstehen schon die anderen davon, wenn sie mich hören, genau so, wie ich meine Stimme höre, die laut „Meine Liebe" sagt. An wen ist das gerichtet? An niemanden. Doch selbst wenn ich es auf der Straße laut riefe, würde es genauso widerhallen wie in meinem gehörlosen Haus. Niemand würde seine Hand ausstrecken, um diese Welle der Zärtlichkeit zu ergreifen, die sich nutzlos über den Asphalt ergießen würde. Unsere Mitmenschen verlassen uns nicht deshalb, weil sie es wollen, sondern weil wir unseren Duft verlieren. Wir riechen nicht mehr nach Tier, nach Mann oder Frau. Die Natur kündigt uns ihr Darlehen, bevor wir sterben. Ist es nicht so, Antóni? Schau dir die Tiere an. Um es miteinander zu treiben, beriechen sie sich gegenseitig. Wir dagegen senden keinen erotischen Duft mehr aus. Die Frauen nehmen uns nicht mehr wahr. Ebenso wenig, wie wir sie beachten, wenn sie alt werden. Wir überdauern diesen Lebensabschnitt als Geister, bevor wir sterben. Doch in uns lebt ein frischer Quell der Zärtlichkeit fort, bereit, jeden Augenblick zum Strom anzuwachsen, den niemand mehr braucht. Keine Frau. Und auch kein Freund … ach, Antóni, wie ich mich freue, dass du mich nicht vergessen hast … Wenn ich doch auch ein Kind hätte. Aber dann tröste ich mich wieder. Würde ein Kind etwa hier bei mir sein? Sicher hätte es seine eigene Familie. Antóni, sag mir, was deine Enkeltochter macht, ist sie gewachsen?

- Natürlich!, murmelte António und verzog das Gesicht.
- Liebt sie dich? Sie hat dich immer sehr geliebt, die Kleine. Du Glücklicher! Und deine Frau?
- Hör mir mit der auf, Stéfano, da läuft es mir kalt über den Rücken.
- Immer noch nicht ruhig und gesetzt, du Taugenichts, und immer noch nicht versöhnlicher geworden. Dabei ist eine Gefährtin, die mit dir alt wird, eine echte Stütze. Hör auf mich. Du hast noch nicht verstanden, wie schlimm es ist, wenn dich niemand mehr braucht.
- Soll die Alte etwa eine Gefährtin sein, Stéfano? Eine Giftspritze ist sie, meckert den ganzen Tag …
- Na ja, du hast ihr ja auch ganz schön viel angetan …
- Das ist vorbei, armer Stéfano … Jetzt hat sie wirklich keinen Grund mehr … ich schwöre es, ich gehe nur noch aus, um ein wenig frische Luft zu schnappen. Also, es kann schon sein, dass sie manchmal einen Anlass hat, aber der ist dann wirklich unwichtig. Weißt du, was es heißt, Angst davor zu haben, nach Hause zu gehen? Ein Streit nach dem anderen …
- Aber irgendeinen Grund wirst du ihr schon geben …
- Ja, schon gut! Heute weiß ich ausnahmsweise, woher meine Heidenangst kommt. Ehrenwort, Stéfano, ich war monatelang nicht mehr im Club. Warum bin ich gestern nur hingegangen? Wie soll ich sie jetzt nur ertragen …
- Und wie hat sie erfahren, dass du im Club warst? Hat es ihr jemand verraten?
- Nein! Aber ich hatte die Miete dabei … verstehst du, wenn ich sie ihr nicht heute Mittag abliefere, dann bin ich geliefert, Stéfano!
- Hast du sie verspielt?

António senkte mit theatralischer Zerknirschung seinen Kopf, erinnerte sich jedoch sofort daran, dass Stéfanos ihn nicht sehen konnte. Und jetzt kam das Schwierigste.
- Wir sind alle genauso einsam, Stéfano. Du allein verstehst mich … und deshalb bitte ich dich, mir etwas zu leihen …

Ein tiefer, erschütternder Laut schnitt ihm so unerwartet den Satz ab, dass er erschrocken aufschaute. Stéfanos lag weinend auf dem Tisch und stieß wilde Schluchzer aus, als würden ihm Messer in den Leib gerammt: „Also deshalb ... nur deshalb bist du gekommen!"

Es war die einzigartige Gelegenheit für Antónis, sich schnell zu erheben und zu verschwinden. Doch es gab niemanden sonst, an dessen Tür er noch hätte anklopfen können. So blieb er sitzen und wartete.

Über die Zärtlichkeit

Theodoúla, adieu

Ratlos stand er auf dem Bürgersteig des Omónia-Platzes. Was sollte er tun? An wen sollte er sich wenden? ... er kannte ja niemanden, der ihm helfen könnte. Er war schon einmal in Athen gewesen, damals als Soldat, für zwei Tage. Und später dann noch einmal, wegen der Papiere, bevor er sich nach Deutschland einschiffte, einen Tag alles in allem. Die Vorübereilenden liefen auf ihn auf, rempelten ihn an und setzten ihren Weg fort, während er, versteinert im Meer seiner Hilflosigkeit, nur verzweifelt um sich blickte. Ein Vorbeihastender verbrannte ihm mit der Zigarette die Hand. Ja, genau! Eine Zigarette, das ist es. Er wollte eine Zigarette! Warum nicht rauchen, wo doch all seine Entbehrungen so gut wie nutzlos gewesen waren. Er ging zum nächsten Kiosk. „Zigaretten." „Was für Zigaretten?" Hatte er sich jemals Zigaretten gekauft? Verloren betrachtete er den Kiosk, in der Hoffnung eine Verpackung zu entdecken, die ihn an irgendeine Marke erinnerte. Und plötzlich, während er vollkommen mechanisch „Zeitung für Heiratsvermittlungen" las, bekam er Stielaugen. Eine Schönheit lächelte ihn von der Titelseite aus an. Und darunter, in Großbuchstaben: „DIE FILIALE DES GLÜCKS, garantiert Ihnen den Partner ihres Geschmacks. Irgendwelche Einwände? Nein, dann schauen Sie doch einmal vorbei."

„Hey Mann, welche Marke?", fragte der Kioskbesitzer zum dritten Mal. „Die Zeitung hier", antwortete er laut, um den Straßenlärm zu übertönen. Er riss sie dem Kioskbesitzer begierig aus der Hand und entfernte sich, zum ersten Mal im Leben, ohne sich um sein Restgeld zu kümmern. Er suchte die nächstliegende „FILIALE" heraus und begann zu laufen. Leichtfüßig, glücklich und stolz zu guter Letzt die Lösung gefunden zu haben, sprang er, zwei Stufen auf einmal nehmend, die Treppe eines verwahrlosten, alten, dreistöckigen Hauses hinauf, läutete und öffnete, ohne auf Antwort zu warten, die Tür. Eine dickliche Frau mit schmierigen Haaren setzte ihre voluminösen Hüften in Bewegung. „Bittschön, der Herr?"

- Den Generaldirektor, bitte, in einer sehr vertraulichen Angelegenheit.

- Bei uns hier gibt`s keinen Generaldirektor, außer Sie wollen den Herrn Pantelís sprechen ...

- Wer ist das?

- Der Chef.

- Wo ist er, schnell, ich bin in Eile ...

- Ich hol ihn, er ist beim Schneider, nebenan.

Nach wenigen Minuten, die ihm wie eine Ewigkeit vorkamen, erschien Herr Pantelís. Im schwarzen, glänzenden Anzug, mit feuerroter Krawatte, Brillantine in den wenigen verbliebenen Haaren und - wie er selbst glaubte - mit dem Gesichtsausdruck und der Haltung eines Bankdirektors, was an einer alten Zigarre lag, die er zusammen mit den Zahnstochern aus dem billigen Eckrestaurant in der Hosentasche aufbewahrte und in außergewöhnlichen Fällen hervorzog. Er betrachtete den Kunden und schätzte schweigend dessen ökonomische Situation ab. Eine Bohnenstange, gekleidet mit einem zerknitterten Anzug aus billigem Stoff und schlecht geschnittenen Haaren. Ein armer Schlucker, dachte Herr Pantelís enttäuscht.

- Bitte, der Herr?

- Ich komme in einer sehr vertraulichen Angelegenheit. Sind wir unter uns, Herr Direktor?

- Die junge Frau ist meine Sekretärin.

- Ich möchte unter vier Augen mit Ihnen sprechen.

- Wie Sie wünschen. Geh in dein Büro, Marítsa.

- Hä, in welches Büro?

- Nebenan. Nun geh schon.

Die Sekretärin zog sich zurück, derweil sich der Kunde noch

immer umsah, als erwarte er einen indiskreten, irgendwo versteckten Zuhörer zu entdecken.

- Ich höre.
- Es ist unbedingt nötig, dass ich eine Deutsche finde.
- Leider sind wir keine Detektei.
- Sind Sie kein Heiratsvermittlungsinstitut?
- Genau das sind wir.
- Schön! Ich muss auf jeden Fall eine Deutsche auftreiben.
- Haben Sie eine verloren?
- Wo ich doch nicht mal eine kenne! Aber jetzt brauche ich dringend eine Deutsche, sofort …
- Um was mit ihr zu tun?
- Ich will sie heiraten.
- Sie wollen sie heiraten? Wann?
- Jetzt sofort.
- Ich verstehe Sie nicht, mein Herr! Sie müssen da irgendetwas verwechselt haben …
- Sind Sie ein Heiratsvermittlungsinstitut oder nicht?
- Ja, sind wir.
- Also, ich bitte Sie, sofort eine deutsche Braut für mich zu finden. Was immer es auch kostet, es wird bezahlt.
- Eine Braut zum Heiraten?
- Ganz genau.
- Sind Sie Grieche?
- Natürlich!
- Und Sie wollen in Deutschland leben?
- Nein, ich war in Deutschland. Dort habe ich gearbeitet. Ich habe auch den Meisterbrief als Kraftfahrzeugmechaniker.

Er begann nervös in seinen Taschen zu kramen. Dann zog er ein Papier, nein, eine Klarsichtfolie aus seiner Innentasche. „Hier ist das Zeugnis." Herr Pantelís schaute ihn ernüchtert und desinteressiert an. „Außerdem habe ich den Führerschein und besitze ein eigenes Auto. Ich habe es unten, nicht hier, direkt vor der Tür, es steht etwas weiter weg, wenn Sie wollen, können Sie es sich gerne ansehen …"

- Das ist nicht nötig. Ich will nur endlich verstehen, um was es geht. Sie sind also aus Deutschland gekommen, wo Sie zuvor gearbeitet haben.

- Genau, und ich bin in mein Dorf zurück, oder besser gesagt, ich werde in mein Dorf, nach Papaderó, zurückkehren. Ich will eine Tankstelle eröffnen. Mein Dorf liegt an der Nationalstraße. Sie verstehen, was ich meine, viel Verkehr, Touristen ...
- Ich verstehe. Und Sie wollen sich die Sprache richtig gut aneignen.
- Ich? Welche Sprache?
- Na, Deutsch.
- Aber ich kann kein Deutsch.
- Und was wollen Sie dann mit einer deutschen Frau?
- Sie zu meiner Frau machen.
- Und Sie wollen auf jeden Fall eine Deutsche zur Frau haben?
- Ich? Ach, wenn Sie wüssten, Herr Direktor! Ich verabscheue deutsche Frauen! Genauso, wie ich ganz Deutschland verabscheue, durch und durch, sage ich Ihnen. Ich konnte es kaum erwarten von dort wegzukommen. Sieben Jahre! Sieben lange Jahre habe ich Doppelschichten geschuftet, um das Geld zusammenzusparen, das ich brauchte, um so schnell wie möglich nach Papaderó zurückzukehren ... am Anfang hatte ich vor, ein Jahr zu bleiben, daraus wurden zwei, und dann waren sieben Jahre nötig, um endlich die Heimreise antreten zu können ... ach, welch schrecklich lange Strecke von München, bis ich endlich die ersten Häuser meines Dorfes sah ...
- Hören Sie, ich denke nicht, dass wir zusammenarbeiten können, nein, wie soll ich es Ihnen erklären ...
- Ich bitte Sie, lassen Sie mich nicht im Stich! Ich habe viel Geld auf der Bank, Sie können mein Sparbuch sehen ...

Wieder begann er nervös in seinen Taschen zu kramen und es schien eine Zeitlang, als seien sie alle leer. Zum Schluss jedoch zog er ein Sparbuch hervor und hielt es Herrn Pantelís unter die Nase. Dieser betrachtete die sauber notierte sechsstellige Zahl und setzte sofort sein schleimigstes Lächeln auf: „In Ordnung, wir werden versuchen, Ihnen zu helfen, das ist schließlich unser Job ..."

Er bremste, als er vom Hügel aus die ersten Häuser des Dorfes sah. Er stieg aus, öffnete den Kofferraum und nahm den

Staubwedel heraus, den er ganz oben auf dem Gepäck und den Geschenken, die er mitbrachte, verstaut hatte. Lächelnd, mit Blick auf Papaderó, staubte er vorsichtig den Wagen ab. Danach griff er zum Fensterleder und putzte die Scheiben. „Spiegelblank!" Behutsam verstaute er die Utensilien dieser Grundreinigung und setzte sich wieder ans Steuer. Ganz gemächlich rollte er mit dem pistazienfarbenen Wagen ins Dorf: achtzig Türen. Die alle aufgerissen wurden, nachdem die erste Dorfbewohnerin „Mein Gott, der Stélios von der Marijó" ausgerufen hatte. Die Nachricht lief schneller als der Wagen durchs Dorf. Als er vor seiner Haustür ankam, erwarteten ihn alle. Seine Mutter, seine unverheiratete Schwester, die zwei verheirateten Schwestern mit ihren Babys und der Esel, der als Einziger nur zufällig beim Empfang dabei war. Während alle schwatzend an ihm herumzerrten, warf Stélios in der Hoffnung, er würde Theodoúla sehen und sie sein Auto, einen sehnsüchtigen Blick zum hölzernen Balkon gegenüber. Aber Theodoúla war in der Menge der Dorfbewohner untergetaucht, und so lud Stélios seinen funkelnagelneuen Plastikkoffer aus, zog dann mit heiliger Andacht die riesige Kiste mit dem Fernseher heraus und schleppte sie zu seiner Mutter. „Nimm, Mutter, für dich!"

„Ein Fernseher, ein Fernseher, Marijó, nur für dich", riefen die Nachbarinnen.

Stélios, ein wenig überrascht ob der kühlen Reaktion seiner Mutter auf sein großes Geschenk, schleppte den Fernseher ins Innere des Hauses. Während er ihn auf dem Tisch abstellte, rechtfertigte er sich vor seiner Mutter. „Der größere, Mutter, hat nicht ins Auto gepasst."

- Mach die Tür zu, rief die Mutter der jüngsten Schwester zu, die als Letzte hereingekommen war. Und wo ist deine Frau?

Überrascht blickte Stélios zu den vier Frauen, die auf seine Antwort warteten.

- Meine Frau?
- Ja!
- Aber Mutter, ich habe nicht geheiratet.
- Du bist nicht verheiratet?, riefen alle vier überrascht.
- Aber ich habe Tag und Nacht gearbeitet, Mutter. Ich habe

sogar einen Meisterbrief. Hier, sieh! Voller Erregung durchsuchte er hektisch seine Taschen und zog die Klarsichtfolie mit dem Zeugnis hervor. Hier, das Diplom, Mutter.

- Ich verstehe nichts von Diplomen und bürokratischen Papieren.

- Ich habe mir auch ein Auto gekauft, Mutter. Und Geld habe ich mitgebracht, mehr Geld, als wir uns je erträumt haben, um ein eigenes Geschäft aufzumachen, damit wir immer genug zu Essen haben und damit du bis zu deinem Tod in einem Bett mit richtiger Matratze schlafen kannst, Mutter ...

- Ich brauche kein Bett.

- Und der Fernseher, Mutter?

- Wenn du keine deutsche Frau mitgebracht hast ...

- Eine deutsche Frau!

- Genau! Das ganze Dorf wird über uns lachen. Wer versteht schon was von Papieren und Diplomen. Alle, die nach Deutschland gegangen sind und es zu was gebracht haben, sind mit einem Auto und Geld zurückgekommen - aber auch mit einer deutschen Frau. Und das ganze Dorf achtet und ehrt sie ...

- Wieso?

- Weil, erklärte ihm seine Schwester, alle deutschen Frauen etwas Besseres sind. Und wenn du auch etwas Besseres bist, dann heiraten sie dich.

- Du meine Güte, was erzählst du für einen Unsinn, rief Stélios. Und wer, bitte schön, hat dir das erzählt, dass alle deutschen Frauen etwas Besseres sind?

- Alle sagen das! Mischte sich die jüngste Schwester ein. Du wirst sie schon noch sehen! Die erkennen niemanden an, reden nur ausländisch mit ihren Männern und mit uns vom Dorf geben sie sich überhaupt nicht ab.

- Ach, so stellt ihr euch das also vor! Und wo sollen wir, die Arbeiter, diese besseren deutschen Frauen bitte schön finden?

- Na da, wo alle sie finden, unterbrach ihn seine große Schwester, schließlich ist ganz Deutschland voll davon!

Seine Mutter löste den Knoten ihres Kopftuchs und band es sich ratlos erneut um den Kopf. „Da kommst du nach sieben Jahren zurück und bringst keine deutsche Frau mit! Was glaubst du, wie ich denen im Dorf jetzt unter die Augen treten soll? Wir werden zum Gespött!"

Stélios wollte sich auf sie stürzen, sie schütteln, wollte losschreien. Aber die sieben Jahre diszipliniertes Auftreten vor den Vorgesetzten hatten ihn vieles gelehrt. Kreidebleich biss er die Zähne zusammen. Bist du noch ganz bei Verstand, Mutter? Wieso sollten wir zum Gespött werden?

- Na und ob! Auch wenn du zehn Diplome anschleppst!

- Und der Wagen, Mutter? Und das Geld, das ich auf der Bank habe?

Die Mutter zuckte mit den Schultern. „Mama hat Recht", bestätigte die älteste Schwester.

- Wer hat Recht, verdammt? Euch beeindruckt also überhaupt nichts? Mit dreißig bin ich von hier weg, Mensch, und bis dahin hatte niemand von uns je einen Tausend-Drachmen-Schein gesehen, stimmt`s oder stimmt`s nicht? Los, sag schon, Mutter! Hattest du schon mal einen Tausender in der Hand, bevor ich dir Geld aus Deutschland geschickt habe? Los, frag, Mutter, frag mich endlich, mein Gott noch mal, wo das verdammte Geld hier herkommt … Er fing wieder an in den Taschen zu wühlen, zog endlich sein Sparbuch hervor und warf es ihr auf die Knie. Wer im Dorf ist euer Feind, los, sagt es mir, wer ist unser Feind? Verfluche ihn, Mutter, sag ihm, er solle sich erst einmal all das Schöne, das ich euch mitgebracht habe, auf die gleiche rechtschaffene Art und Weise verdienen, wie ich es mir erarbeitet habe! Los, frag mich, arme Mutter, die du jetzt völlig durchgedreht bist, warum du etwas in den Magen gekriegt hast, frag mich, damit ich dir von den Ungeheuern erzählen kann … von den Monstern, Mutter, genau das nämlich sind die Maschinen, und sie zermalmen dich jeden Tag, jede Nacht, Schicht für Schicht, von früh bis spät, alles, damit ich schneller zurückkomme …

- Mama, rief die jüngste Schwester, Onkel Petronikolís kommt.

- Also hat auch er gehört, dass du zurück bist! Wandte sich die Mutter mit Unheil verkündendem Ton an Stélios.

- Und warum sollte er es nicht erfahren? Ist es etwa schlecht, dass ich wieder hier bin?

- Was sollen wir ihm nur sagen? Wo er es doch fest erwartet hat ...
- Was verdammt, Mutter?
- Na, immer wenn ich mich darüber beklagt habe, dass ich sterben werde, ohne dich noch einmal zu sehen, hat er zu mir gesagt: Du wirst sehen, meine Liebe, er wird schnell wieder zurück sein und die beste und hochmütigste deutsche Frau mitbringen!
- Ah, ich verstehe! Damit uns ja nichts erspart bleibt! Dort, in Deutschland, verachten sie uns und später, weil wir uns so daran gewöhnt haben ...
- Sei still, Sohn, dein Onkel ist unser Beschützer, und wie ein zweiter Vater für euch, das weißt du! Und ich ... Das Erscheinen von Petronikolís unterbrach die Alte, die ihr Kopftuch ein weiteres Mal fester um ihren Kopf zog.
- Herzlich willkommen, Stélio, mein Junge! Dünn bist du geworden, du Ärmster!
- Hallo, Onkel! Klar, bin ich dünner geworden; wenn ihr wüsstet, was bei den Deutschen Arbeit bedeutet!
- Als ob wir das nicht wüssten! Du warst zwar in der Höhle des Löwen, aber frag uns mal, wie wir im Krieg vier Jahre lang für sie geschuftet haben! Doch sag mal ...?

Die Familie erstarrte. Stélios blickte von einer der Frauen zur nächsten und erinnerte sich plötzlich daran, welches Ansehen sein Onkel in der Familie und darüber hinaus im ganzen Dorf genoss. Gemeindevorsteher, denn keiner sonst besaß Rinder. Und der komplette Ackerbau hing vom Wohlwollen von Petronikolís ab. Ein ehrenwerter Mann. Er hatte die Stelle seines Vaters eingenommen, der von den Deutschen umgebracht worden war. Ohne das Kilo Mehl, das er ihnen damals pro Woche gab, hätten sie kein Brot zum Essen gehabt ... Allerdings reichte ein Kilo Mehl für die fünf Kinder und die Mutter gerade eben, um den ärgsten Hunger zu stillen. Außerdem arbeiteten sowohl die Mutter als auch Stélios ab seinem achten Lebensjahr ...

- Was soll ich schon erzählen, Onkel? Alles ist gut gelaufen. Ich habe vor, mich selbstständig zu machen, will eine Tankstelle eröffnen ...
- Er hat auch einen Beruf gelernt, mischte sich die Mutter ein. Zeig deinem Onkel das Diplom, Stélio!

Stélios suchte ohne den zuvor gezeigten Enthusiasmus in seinen Taschen, mittlerweile überzeugt davon, dass jetzt, vor den Augen des furchterregenden Familienoberhauptes, alles umsonst sei. Er zog die Klarsichtfolie heraus, die unbeachtet in seiner ausgestreckten Hand in der Luft hing, als Petronikolís fragte.

- Und wo ist deine Frau?

Alle vier Frauen senkten die Köpfe.

Plötzlich hörte Stélios seine Stimme sagen.

- In Athen.

- Ganz alleine? Und wo hast du sie untergebracht?

- Im Hotel … die Reise hat sie sehr angestrengt. Ich bin wie ein Wilder gerast, weil ich es nicht erwarten konnte, nach Hause zu kommen, und ihr ist schlecht geworden, sie musste sich übergeben … ja, sie war fix und fertig.

- Deshalb, oder ist sie vielleicht schwanger …?

- Stélios riss seinen Kopf hoch, als erwache er aus einem Traum … „Ich weiß es noch nicht …" Bis auf seine Mutter hoben die Frauen, eine nach der anderen, verwundert ihre Köpfe.

- Mensch, Marijó, rief der Onkel begeistert, man meint fast, es gefällt dir nicht, dass dein Sohn eine Deutsche geheiratet hat.

- Ich hab da nichts zu melden. Aber er soll sie erst mal herbringen.

- Und wie soll sie herkommen?

- Wie, wie? Ich fahre hin und hole sie ab …

- Du holst sie ab?, fragte seine Mutter überrascht. Wann?

- Morgen, Mutter! Ich will mich erst ein wenig ausruhen. Und sie … soll sich auch erholen …

- Dass ich das noch erleben darf, fing die Mutter an zu weinen. Und warum, Junge, hast du mir das nicht gesagt, damit ich Arme, vom Leid geplagte mich auch ein wenig freuen kann, immer nur nein und noch mal nein …

Seine Schwestern fingen zögernd an voller Hoffnung zu lächeln.

- Und wie heißt sie?, fragte die Jüngste.

- Wie sie heißt?

- Ja, los, sag schon, verlangten alle zusammen, sozusagen als letzte Bestätigung, sag uns ihren Namen.

- Der ist schwierig auszusprechen … sie heißt … Inge …

Die ganze Versammlung brach in hysterisches Gelächter aus, schön, wunderbar, sag es noch mal!

- Inge!

Doch es war nirgends eine Inge aufzutreiben. Noch sonst irgendeine Deutsche - und sei es mit anderem Namen. Herr Pantelís, der Kuppler und Zuhälter vom Omónia-Platz, hatte abgesehen von den Kontakten zu den Huren seines beschränkten Einflussgebiets keine weiterreichenden Geschäftsbeziehungen. Deshalb präsentierte er ihm eine auffällig dunkelhäutige und unerhört hässliche Griechin, die einige Monate in Deutschland gearbeitet hatte, weshalb man von ihr annahm, dass sie deutsch sprach. Wenn die Dinge aber so standen, warum sollte er dann nicht Theodoúla mit den nachtschwarzen Augen und den fein geschwungenen, seidenen Augenbrauen heiraten, sein Nachbarsmädchen, von dem er all die fürchterlichen Jahre in Deutschland geträumt hatte? In seinem funkelnagelneuen Plastikkoffer, den er nicht nach Athen mitgenommen hatte, um seine Mutter zu beruhigen, dass er auch ja schnell zurückkäme, war sogar ein Geschenk für Theodoúla, das er in Köln für ihre Verlobungsfeier gekauft hatte. Doch Stélios brauchte lange, unendlich lange. Er kehrte nie wieder nach Griechenland zurück.

In der vierzehnten Hütte, der von Maria und Stávros

Nichts hatte sich verändert. In den vier Jahren war nicht einmal eine neue Hütte errichtet worden. Wie immer seit seiner Geburt vor neununddreißig Jahren tauchte das Inselchen still aus dem morgendlichen Dunst des Sees auf; eine verzauberte Prinzessin - und kein Prinz würde je die Dummheit begehen, sich aufzumachen, um sie zu erwecken. Kein Reiter auf einem weißen Pferd würde jemals erscheinen im elenden Leben der Einheimischen, die meisten von ihnen alte Fischer, die niemals satt erwachten, um den glanzvollen Sonnenaufgang eines neuen Tages zu preisen. Junge Leute gab es mittlerweile nicht mehr, die gingen schon seit Jahren nach Deutschland. Die von unserem Stolz Besiegten nähren uns heute mit Brot, dessen Teig mit dem Blut unserer Kinder geknetet wird. Wie sollten die Fischer da gesprächig werden, wo sie es doch nicht einmal zuvor waren.

Achtzehn armselige Hütten, dem strahlendweißen Gebäude am anderen Ufer – SOZIALZENTRUM – KINDERGARTEN – SCHULE FÜR KINDERGÄRTNERINNEN – genau gegenüberliegend. Er hatte nie verstanden, was für eine Art von Schule das sein sollte. Warum auch? Er hob den zerknitterten Pappkoffer von seinen Schultern, stellte ihn auf die steinerne Schwelle und betastete mit den Fingerspitzen die heruntergekommene Tür. Dann, um den Kindern keine Angst einzujagen, klopfte er vorsichtig an. „Wer ist da?", ertönte ihre Stimme, die wie knitterndes Papier durch die Schlitze drang.

- Ich, Maria.

Auf die anfängliche Stille folgte ein „Du?" und die Tür wurde laut knarrend geöffnet. In der Dunkelheit konnte weder er sie noch sie ihn erkennen, doch sie kannten sich gut. Als sei sie eine Wand, lehnte er sich mit dem ganzen Gewicht seines schweren Körpers an sie. Der Geruch ihrer Haare erinnerte ihn wie immer an trockenes Stroh. Er war außer Atem, jetzt, nachdem er den matschigen Anstieg hinter sich hatte. „Wie geht`s den Kindern?" „Gut, sie schlafen, lass mich die Lampe anmachen ... hast du Hunger?"

- Nein, ich will mich hinlegen ... und in der Dunkelheit tastete er sich bis zu den Brettern des Bettes. Maria setzte sich neben ihn. Er betätschelte ihr weiches Kleid, das er kannte, und war sich sicher, dass sich nicht einmal das verändert hatte, nur noch etwas weicher vom Waschen war es geworden. Ihre Schenkel, schmächtiger noch, hagerer, doch genauso vertraut wie die alte Kammer, erzitterten unter seiner Handfläche. Er richtete sich kurz auf, als sie sich zurücklegte und rollte sich dann über sie. Als er in sie eindrang, entwich seinem Mund ein unsäglich tief dröhnender Schmerzenslaut, der zu einem tiefen männlichen Weinen wurde, während er in ihrem feuchten Geschlecht vor und zurück glitt und fortwährend vor sich hin murmelte „Oh, meine Heimat, oh, meine Erde, Mariaaaa." Seine Knochen taten ihr weh, was sie jedoch nicht sagte. Er blieb in ihr, schwer und kraftlos, bedeckt nur von seiner derben Haut. „Ich habe nichts für dich mitgebracht." Und dann nach langer Pause: „Und den Kindern auch nicht."

- Hauptsache, du bist gesund, du armer bedauernswerter Mann, gelobt sei der Herr, dass er dich wieder zu uns nach Hause geführt hat.

- Lass mich mit dem Herrn in Ruhe, Maria. Der, Maria, ist auch ausgewandert, ist Polizist bei den Deutschen geworden und führt jetzt die Aufsicht, damit wir immer ordentlich arbeiten und unser Leben lang arm bleiben. Du weißt ja gar nicht, wie schlecht die Welt ist, und ich wünsche dir, dass du sie nicht einmal in deinen schlimmsten Träumen zu sehen bekommst. Ich hätte dir so gerne geschrieben. Warum nur kann ich es nicht, habe ich mich immer wieder gefragt, warum bin nicht auch ich in der Lage zu lesen und ihr zu schreiben, so unerträglich wie die Welt ist. Und wenn der deutsche Vorarbeiter kam, um mir zu zeigen, wie die Maschine funktioniert, und immerzu redete und redete und dann das ständige Vestehsdu, Vestehsdu?

Was will der Idiot von mir? Warum steigt der Heilige Geist nicht auch zu mir herab und nicht nur zu den Aposteln, die urplötzlich gelernt hatten, das Wort Gottes zu lehren, wo doch auch wir Normalsterblichen erleuchtet werden müssen, damit wir verstehen, was uns die anderen sagen, denn wie sonst sollen wir gerettet werden – und immer dieses Vestehsdu!

– Was soll das sein?

– Hast du das verstanden?, heißt das. Doch wie sollte ich verstehen?

Deshalb haben sie mich auf einen anderen Posten versetzt und mir einen Ölkanister auf den Rücken geschnallt, der schon leer dreißig Kilo gewogen hat, so ein Ding wie die Spritzgeräte, mit denen sie hier auf dem Land die Olivenbäume spritzen. Immer wenn ich auf den Knopf drückte, spritzte Öl auf ein Plättchen, das blitzschnell auf einem Band an mir vorbei glitt, gefolgt vom nächsten Plättchen und danach noch tausende andere, ich habe keine Ahnung, wie viele tausend Plättchen, sieben Stunden am Tag, an mir vorbeigezogen sind. Wie und wann sollte ich die auch zählen, wo ich doch nachts sogar dann vor lauter Schmerzen nicht hätte schlafen können, wenn ich wenigstens genug Platz gehabt hätte, um meinen Arm auszustrecken. Aber wir lagen wie die Sardinen in der Büchse, einer oben, einer unten, zu acht oder zehnt in einem Zimmer, um Miete zu sparen. Schlafen und essen, wie ein Hund in der Ecke. Am Anfang war ich ganz verrückt nach diesen Würstchen, die es dort gibt, und dachte, dass ich mich erst ein wenig satt daran esse, weil ich so etwas noch nie im Leben probiert hatte – alles pures Fleisch – und später würde ich dann weniger essen, um meiner Frau auch Geld zu schicken. Aber verflucht sei ich, der Mensch wird nie satt, kriegt nie genug.

– Ah, natürlich, du Armer, denn wäre es so, würden die Reichen nicht so lange essen, bis sie vom vielen guten Essen tot umfallen. Und ich dachte schon, vergiss ihn, der ist weg, ist reich geworden und hat uns sitzen lassen.

Noch immer in ihr, begann er erneut, sich auf ihr zu bewegen und schluchzte dabei „Ach je, das ist meine Maria", bis er sich ermattet neben sie rollte. „Ach, besser, ich wäre reich und hätte euch sitzen lassen, anstatt gedemütigt und als Krüppel, ohne einen einzigen Pfennig, zurückzukommen.

- Was wolltest du auch in Deutschland. Leute wie wir haben kein Glück, ganz egal, wohin sie gehen. Geld hast du keines mitgebracht und mir darüber hinaus noch mein Leben schwer gemacht.

- Aber ich bin doch weggegangen, damit es uns einmal besser geht.

- Eine einsame Frau, verlassen und alleine, mit drei Kindern und völlig ohne Nachricht. Mit wem hätte ich reden sollen und wer hätte mich getröstet, mich arme Unglückselige. Verlassen und kalt im Bett. Ich hatte vor, beichten zu gehen. Aber kaum hattest du die Tür hinter dir zugemacht, war schon diese Vogelscheuche von einem Dreckspfarrer hinter mir her. Sag Stávro, warum lässt Gott es zu, solche erbärmlichen Vertreter auf Erden zu haben? Wenn ich den rangelassen und der mich geschwängert hätte, wäre das etwa keine Sünde gewesen? Nein, auf solche Fürsprecher, nur damit Gott mir vergibt, kann ich gut verzichten.

- Für was brauchst du denn einen Fürsprecher?

- Damit die Sünde, die jetzt eine doppelte ist, von mir abgewaschen wird.

- Hast du etwa gestohlen, Maria?

- Ach, schön wär`s.

- Jemanden umgebracht?

- Ich bin schwanger geworden. Tu, was immer du für richtig hältst - über dem Kamin hängt das Beil -, ich rühre mich nicht von der Stelle. Aber zuerst will ich, dass du mir sagst, was von beidem die größere Sünde ist. Wenn eine verheiratete Frau von einem Fremden schwanger wird oder wenn sie das Kind umbringt? Stávro, hörst du zu oder bist du eingeschlafen?

- Ich höre, Frau.

- Denn auch wenn ich das Geld gehabt hätte, wäre ich nicht zum Arzt gegangen. Weißt du, da höre ich neben mir die Atemzüge von Angelikoúla, Diamantís und Michalákis und sehe sie vor dem Öllicht der Ikone schlafen wie Rosenknospen, und das andere kann es kaum erwarten herauszukommen, sich meine Brust zu schnappen und seinen Hunger zu stillen, nach den neun Monaten, die es in meinem Bauch eingesperrt war, und ich soll es ermorden, wehe mir, dass dies nicht geschehe! Als es anfing, sich in meinem Bauch zu bewegen und mir kundtat, hier bin ich, sündige Mama, habe ich mich schließlich aufgemacht und bin zu diesen wohltätigen Damen gegangen, die von der Fürsorge, erinnerst du dich, da, wo ich gearbeitet habe, bevor du weggegangen bist. Zur Leiterin habe ich gesagt, ich muss Ihnen ein Geheimnis anvertrauen. Mein Mann ist in Deutschland und ich bin ganz alleine mit drei Kindern und arbeite als Tagelöhnerin auf den Feldern. Und nachts, wenn ich sie gerade so satt bekommen habe und sie schlafen, fühlt sich mein Körper an, wie durch den Fleischwolf gedreht, und ich kann vor Schmerzen kaum schlafen, oh mein Gott, der du mich ebenso verlassen hast wie mein Mann. Und genau wie vorher haben wir nichts zu essen, und einen Mann, der mich trösten könnte, habe ich auch nicht mehr, weder am Tag noch in der Nacht. Und dann kam der 15. August, der Feiertag der Muttergottes, und ich habe die Kinder und dann mich selbst gewaschen, damit wir zum Abendmahl gehen konnten, als es plötzlich an die Tür klopfte und ich diesen jungen Mann sah, der wie ein Abbild der Ikone vom Heiligen Theódoros in der Kirche aussah. Ich bin der Aufseher vom Landgut der Athener, stellt er sich vor, und suche die Maria, die Frau von Stávros, damit sie zum Putzen kommt. Aber gern, antworte ich ihm, gleich morgen werde ich anfangen. Und jetzt bin ich schwanger, Frau Direktorin. Ich möchte umsonst bei Ihnen arbeiten, aber nur unten, im Keller, den Abwasch machen, damit mich kein Mensch sieht, bis ich das Kind zur Welt gebracht habe. Danach überlasse ich Ihnen das Neugeborene und verschwinde wieder. Einverstanden, sagt sie.

- Und wo hast du die Kinder gelassen?
- Bei meiner Mutter, draußen im Häuschen … Und das Baby, Stávro, kam hübscher als all unsere anderen Kinder zur Welt, mit wundervollen Augen, schwarz wie Oliven, sechs Monate muss es jetzt sein, fast sieben.

- Schon ein kleiner starker Mann!
- Es ist eine Tochter! Kann ich, habe ich die Dame gefragt, dem Kind selbst einen Namen geben? Ich würde es so gerne Chrisó taufen, nach der verstorbenen Mutter meines Mannes.

Nein, hat sie mir geantwortet, du hast uns das Kind überlassen, und diejenigen, die es bekommen werden, können es so taufen, wie sie es wollen.

Am nächsten Morgen erhielt die Fürsorge den Besuch des Paares. Die Leiterin war etwas überrascht, als Maria ihr sagte, der Mann neben ihr sei ihr Ehemann Stávros. „Ach, und wann sind Sie aus Deutschland zurückgekehrt?", fragte sie ihn verlegen. Was konnte dieser Besuch bedeuten? Folgte nun ein Drama verletzten Ehrgefühls? Doch der Mann machte keinen unsympathischen Eindruck.

- Gestern früh im Morgengrauen bin ich zurückgekommen, und jetzt sind wir hier, um unser Kind nach Hause zu holen.
- Ihr Kind? Die Leiterin der Fürsorge erstarrte. Sollte es möglich sein, überlegte sie, dass dieser Bauer dachte, das Kind könne, nachdem er vier Jahre abwesend gewesen war, von ihm sein?
- Nun ja, Sie wissen doch …
- Ich weiß, ich weiß, bestätigte ihr der Bauer und sah dabei Maria an, die lächelnd den Kopf schüttelte.
- Ja, aber wir hatten doch ausgemacht, Maria, dass du uns das Kind für immer überlässt. Und wir haben sogar schon organisiert, dass das Kind von zwei wundervollen Menschen, die noch dazu sehr reich sind und es adoptieren wollen, abgeholt wird. Gerade heute wollte ich dich informieren, damit du kommst, um die nötigen Papiere zu unterschreiben, weil das Paar anreist, um das Kind in Empfang zu nehmen. Jetzt bringt ihr mich in eine schwierige Lage, ich kann sie doch nicht so vor den Kopf stoßen.
- Frau Direktorin, ich weiß, dass wir in Ihrer Schuld stehen, für Ihre Güte, dass Sie Maria geholfen haben, ihr Geheimnis zu hüten. Das werde ich Ihnen nie entgelten können. Aber ich bin bereit, fünf oder auch zehn Tage für Sie zu arbeiten, um zumindest die Kosten der Geburt abzuzahlen.

- Sie schulden uns nichts. Die arme Maria hat bis zur Geburt gearbeitet. Aber überlegen Sie es sich bitte noch einmal. Sie haben bereits drei Kinder ... sind arm. Wäre es nicht vielleicht auch für die Kleine besser, wenn sie von diesen reichen Leuten adoptiert würde? Sie haben das Kind sehr gerne, müssen Sie wissen, und werden sicher sehr traurig sein.

- Nein, Frau Direktorin, es ist unmöglich, dass sie trauriger als Maria sein werden. Und da Maria es zur Welt gebracht hat, ist es ihr Kind. Alle unsere Kinder gehören ihr. Außerdem sind unsere Kinder der Reichtum, den wir besitzen. Und nun bringen Sie uns bitte die Kleine, damit wir gehen können.

Eine Frau

Fassungslos saßen sie alle da. Das armselige, verrückt eingerichtete Zimmer, das ihnen immer das Gefühl der Wärme und Sicherheit einer Gebärmutter - ihrer Gebärmutter natürlich - gegeben hatte, gefror, so als wolle es sie für immer verstoßen.

Unmöglich, sie konnten ihren Tod einfach nicht akzeptieren. Es musste ein Irrtum sein. Jetzt gleich würde sie sich aufrichten und fragen: „Na? Wie hat`s euch gefallen? War es nicht haarsträubend schön? Zu schön, um wahr zu sein, oder?"

Schon sie selbst war eine Illusion. So sehr, dass sie manchmal, wenn sie abends das Haus verließen und der kühle Nachtwind ihre Gesichter streifte, an ihrer Existenz zweifelten. So als hätten sie einen Film gesehen, der sie sehr erschütterte, einen Film, der in jemandes Gehirn so überzeugend und ausdrucksstark entworfen und ausgearbeitet worden war, dass sie ihn, solange das Licht im Saal gelöscht war, für das wirkliche Leben hielten. Sie riss alle mit, mal an dieses und jenes, mal an etwas anderes zu glauben. Tagtäglich hatte sie ihnen einen neuen Plan zu unterbreiten, von einem neuen Traum zu berichten, und tat dies so realistisch, dass sie satt wurde von ihrer eigenen Überzeugungskraft und der Vision des sich einstellenden sicheren Erfolges, der sie endgültig von ihrer aller Armut befreien würde. Auf unverwechselbare Art schaffte sie es, die eigene Armut durch lebendigen Humor und ein einzigartiges Empfinden von Vergänglichkeit aufzuheben. Nein, nein, sie war weder romantisch veranlagt noch eine Träumerin. Im Gegenteil, seit ihrer Geburt - zwischen den Weltkriegen - besaß sie eine absolut entmystifizierte, fast schon wissenschaftliche Art des Denkens. Und dennoch ersann sie Mythen für ihr Leben und den Lauf der Dinge - vielleicht um beides zu ertragen. Auch wenn es ihnen nie aufgefallen war, dass Entbehrungen sie niedergeschmettert hätten. „Indem ich die bestehende Gesellschaft ablehne, verliere ich auch die Privilegien derjenigen, die sie aufrechterhalten und stützen. Ich verfüge über keine anderen Mittel, meine Ablehnung auszudrücken. Dennoch habe ich mich entschieden. Aber die anderen? Was soll aus ihnen werden? Die, die sowohl das System respektieren als auch das ihnen von diesem System aufgezwungene Elend ohne Protest hinnehmen?"

Sie brachte alle zum Arbeiten, zum Lernen. Niemand von ihnen wagte es, ihren Erwartungen nicht zu genügen, und das nicht etwa, um sie nicht zu enttäuschen, sondern weil sie damit das verraten hätten, was sie besonders an ihr bewunderten: den Glauben ans Leben, den sie mit ihrem konsequenten Verhalten verbreitete. Tagtäglich von der Realität besiegt, dachte sie dennoch niemals an einen wie auch immer gearteten Kompromiss, und überraschte sie alle, ohne sich dessen bewusst zu sein. Unschuldig und oft auch naiv, als habe sie noch gestern in einer Höhle gelebt, so alt, archaisch und unberührt von der Gegenwart, die sie ablehnte. Bezaubernd, wunderschön, zwischen zweiunddreißig und fünfhundert Jahren alt. Alle hatten sich in sie verliebt, geradeso wie die glücklichen Menschen in grauer Vorzeit Gott liebten. Alles junge Männer und Frauen zwischen achtzehn und höchstens dreiundzwanzig Jahren, die den Atem anhielten, da sie die Personifizierung einer Welt war, die sie sich ersehnten.

„Kommt, lasst uns träumen", schlug sie ihnen häufig vor. „Na, was würden wir uns heute Abend wohl wünschen?" Und sie ergriff jenen gewaltigen Brotlaib ihres Herzens und schnitt soooo dicke Scheiben „der Zukunft, für die wir kämpfen müssen und die wir, ihr werdet sehen, verwirklichen werden!", auf ihrer schönen Brust ab und stillte damit ihren Hunger, so wie es wenige Jahre zuvor noch ihre Mütter getan hatten, wenn sie ausgehungert aus der Schule kamen.

Sie nahm ihnen die Fesseln, brachte ihr Sein ins Gleichgewicht. „Die Freiheit", sagte sie, „fängt damit an, immer deine eigenen Möglichkeiten zu kennen, unabhängig von dem Bestreben, diese weiter zu entwickeln, was wiederum ganz alleine in deiner Hand liegt. Mache dich niemals kleiner oder größer als du bist. Demut von kleinen Leuten ist Unterwürfigkeit, bist du mächtig, dann ist es Heuchelei. Selbstbewusst, stolz müsst ihr sein, denn Stolz passt zu jeder Größe."

„Ich will keinen Blödsinn über ewige Liebe hören", stellte sie ein andermal klar. „Alles Schöne besitzt Ewigkeit. All das, was ich sehe, was ich höre, was ich berühre, Erde, Wind, Sonnenlicht, ist Teil der Ewigkeit. Ewigkeit bedeutet nicht die Zeit zu überdauern - sonst ständen Wohnblocks und Wolkenkratzer an erster Stelle der Ewigkeitsskala -, sondern Ewigkeit ist all das, was die Unwiederholbarkeit eines Augenblicks ausmacht. Der Orgasmus ist Ewigkeit, auch wenn er nirgends festgehalten wird."

Dann eines Abends, als sie sich gerade versammelt hatten und alle ausgehungert auf die Scheibe vom warmen Laib ihrer Zärtlichkeit warteten, brach es unerwartet aus ihr heraus: „Ich habe mich erniedrigt!"

- Und noch einmal, ich habe mich erniedrigt. Habe meine Ewigkeit gedemütigt. Es ist unerträglich, Kinder, das könnt ihr mir glauben. Könnt ihr euch an diesen jungen Mann, Stávros, erinnern, den Kommilitonen von Níkos, der nur einen einzigen Abend hier war? Den haben wir damals ganz besonders verwöhnt, damit es ihm, in Anbetracht der schweren Prüfung, die ihm bevorstand, da er am nächsten Tag zur Armee eingezogen wurde, leichter ums Herz wurde. Einige Tage später hat er mir den kleinsten Liebesbrief geschrieben, den ich je bekommen habe: „Bitte kommen Sie." Ihr fragt euch jetzt, warum ich das Liebesbrief nenne? Weil es eine Fortsetzung jenes Abends war, als er mir hier gegenüber saß, was mir erst bewusst wurde, als ich die Notiz las. Ihr hattet nicht bemerkt, wie er mich ansah. Er saugte mich förmlich auf und schloss mich in sich ein. Und ich merkte, wie ich immer weniger, immer schwächer wurde, ohne etwas von mir retten zu können. Und er sog mich weiter in sich auf, so sehr, dass später, als ihr nach Hause gegangen wart, nichts mehr von mir übrig war. Macht nichts, sagte ich zu mir, als ich mich schlafen legte. Morgen sind meine Batterien wieder aufgeladen …, ich gönne es ihm.

Ich habe euch nichts davon erzählt, doch ich nahm den Bus und fuhr nach Kórinthos. Ich wusste weder, was ich von dem, der mich so brauchte, noch was ich von mir, die ich Busse widerlich finde und vom Geschwätz der Mitreisenden zu Tode gelangweilt werde, halten sollte. Trotzdem machte ich mich geduldig und frierend auf die Reise. Eineinhalb Stunden später stand ich vor ihm, beim Wachhäuschen, weil sie ihm nicht erlaubt hatten, sich zu entfernen, aufrecht in der eisigen Novemberkälte des nach allen Seiten offenen Areals. Und wir hatten uns nichts zu erzählen, sahen uns nur schweigend an. Und ganz langsam fing ich wieder an, weniger, schwächer zu werden im Angesicht dieses gierigen jungen Mannes, der mich einfach so, weil er es wollte, nahm und in sich aufsog, dort allein mit mir im verschwenderischen Mittagslicht. Menschen kamen und gingen an uns vorbei, ohne dass wir uns davon stören ließen. Die Zeit verstrich und wir standen frierend, schweigsam und unersättlich dort. Aus unseren Augen rann Sperma, so sehr wollten wir einander.

Als die Zeit der Rückfahrt gekommen war, schleppte ich mich wie ein Sack voller Steine zum Bus. Ich hatte ihn dort stehen lassen, ohne dass wir ein einziges Wort gewechselt hatten. Nach zwanzig Tagen erhielt ich eine weitere Nachricht. „Am Montag werde ich an die Grenze versetzt. Das Wochenende werde ich Freigang haben, darf aber, wegen einer Disziplinarstrafe, nicht nach Athen fahren. Wir brauchen zweihundert Drachmen für das Hotel. Leih mir das Geld." Ich wunderte mich, dass er mich duzte. Danach fiel mir ein, dass er gerade einmal zwei Jahre jünger als ich war. Doch plötzlich erschrak ich. Wo sollte ich in vierundzwanzig Stunden zweihundert Drachmen und noch mal so viel für die Reise auftreiben? Warum sind wir nur alle miteinander so verdammt arm? Vierhundert, vierhundert, vierhundert, die Summe rollte wie eine Murmel in meinem Kopf herum. Noch dazu war es schon Freitag, gestern also. Und ich hätte heute Mittag nach Kórinthos aufbrechen müssen. Hätte müssen, wie sich das anhört! Ich wollte! Jetzt, sofort. Wo glühendes Verlangen an mir leckte, mich unerträglich quälte. Danach würden sie ihn irgendwohin, weit weg, in die Ferne schicken und meine Begierde würde in Nächten angespannter und unbefriedigter Lust langsam erlöschen, wie ein Feuer, auf das kein Holz aufgelegt wird.

Ratlos ging ich hinaus auf die Straße. Ich denke beim Gehen immer viel praktischer. Wie ich so die Straße hinaufging, sah ich diesen riesigen ekligen Typ mir von oben herab entgegenkommen. Seit Jahren schon glotzt der mir mit seinen vor Geilheit triefenden Augen hinterher und macht mir von Zeit zu Zeit vulgäre Angebote. Schon wiederholt hatte ich ihn beschimpft, ohne Erfolg, da alles an dem Fett, das seinen riesenhaften Körper bedeckte, abprallte. Und jetzt, als wir uns einander näherten, grüßte er mich wieder. Plötzlich bekam ich einen trockenen Mund von dem Gedanken, der sich wie ein Blitz in mein Gehirn bohrte. Woher haben solche widerlichen Typen ihren erstaunlichen Riecher? Was hat ihn dazu veranlasst, stehen zu bleiben?

- Wann, wandte er sich an mich, sehnst du dich endlich nach etwas Unerreichbarem, damit ich endlich die Gelegenheit habe, es dir anzubieten?

Ich öffnete den Mund, um ihn wie immer zu beschimpfen, und sagte: „Ich brauche vierhundert Drachmen."

Das viele Fett in seinem Gesicht spannt seine Haut derart, dass er nur schwer seinen Gesichtsausdruck verändern kann. Dennoch verzog er ein wenig die Mundwinkel, da er ein triumphales Lächeln in sich aufsteigen fühlte. „Habe ich nicht dabei", antwortete er. „Komm mit in mein Büro, da gebe ich sie dir."

Ich folgte ihm in sein Büro, hier nebenan, in der Nr. 24. Natürlich wusste ich nicht, dass man das Geld vorher verlangt. Ein großer Fehler! Dilettantismus wird bestraft, das habe ich euch schon tausend Mal gesagt. Ich will damit sagen, dass du das Geld kassieren musst, bevor sich das Schwein auf dich stürzt.

Nicht blass werden, meine kleinen Puritaner. Das ist nicht der Grund, weshalb ich euch erklärt habe, dass ich mich erniedrigt habe. Wartet einen Moment. Der Fettsack ist also auf dem Sofa über mich hergefallen. Ich war völlig passiv, eingequetscht unter seinen Fettschichten, eine Fremde - es ist mir ein Rätsel, wie wir Menschen es schaffen, uns selbst in einen Gegenstand zu verwandeln. Und genau wie es manchmal während einer Zugfahrt geschieht, wenn das monotone Fahrgeräusch in unserem Gehirn einen Satz bildet, der ständig im Rhythmus der Räder wiederholt wird, so wiederholte ich immerzu, morgen fahre ich, morgen fahre ich, morgen fahre ich, im gleichen Rhythmus, in dem sich der Fettsack auf mir bewegte. Monströs, ein prähistorisches Tier, gleichgültig gegenüber meiner Gleichgültigkeit. Bis zu dem Augenblick, in dem Millionen kleiner, hinterlistiger Nervenenden auf meiner Haut kribbelten. Tausende unsichtbare kleine Stränge spannten sich erbebend und vereinigten sich an den Seiten meines Bauchs und tief in meinem Unterleib, ohne mein Zutun, und stürzten ins tiefste Innere meiner treulosen Gebärmutter. Und ein irrsinniges Zucken, hemmungslos wild und nicht kontrollierbar, entlud sich in meinem Körper und ließ ihn vor Lust beben.

Fassungslos saßen sie alle da, verlegen. Unmöglich, sie konnten ihren Tod einfach nicht akzeptieren. Und doch hatte sie sich eben hier, vor ihren Augen, durch ihre eigene Tat selbst umgebracht. Es durfte nicht wahr sein, sie musste diesen außergewöhnlich abstoßenden Akt widerrufen, der ohne Zweifel reinste Prostitution war. Da, jetzt würde sie aufstehen und ihnen sagen: „Na? Wie hat`s euch gefallen? War es nicht haarsträubend schön? Zu schön, um wirklich wahr zu sein?"

Und sie stand auf. Sie begann, die Aschenbecher zu lehren. „Die Körper, die Körper werden uns eines Tages befreien, ihr werdet sehen, und jeden Irrtum und jede Schwachsinnstheorie entmystifizieren, nachdem sie all den bösartigen Ballast, den sie seit tausenden von Jahren mit sich herumschleppen, abgeworfen haben ... Und, um das nicht zu vergessen, ihr Männer, betrügt nie eine Frau, die euch um Geld gebeten hat, weil ihr durchschaut, dass sie kein Profi ist und sich nicht an die Regeln des Gewerbes hält. Sie braucht das Geld dringend."

Gilda

„Willkommen, Gilda!", rief jemand triumphierend hinter mir. Es war so absurd, dass es in dieser elenden städtischen Behörde, die mich gerade eingestellt hatte, ein Mädchen mit dem Namen Gilda gab. Sein Klang rief in unserer Erinnerung einem Strom wallender blonder Haare und ein unbeschwertes und mitreißendes Lustgefühl hervor. Es muss der erste Sex-Film gewesen sein, den wir kurz nach dem Krieg im Kino gesehen hatten. Auf jeden Fall wurde Rita Hayworth, die Darstellerin der „Gilda", zum ersten Sexsymbol. Die Männer sind schier durchgedreht. Die Frauen platzten fast vor Wut angesichts jener unvergleichlichen Ausstrahlung. Und die Hayworth selbst ist an ihrem Erfolg zerbrochen.

„Hast du schon wieder deine Füße auf dem Schreibtisch?", hörte ich eine heisere farblose Stimme mit Iákowos schimpfen. „Und dann beschwert ihr euch, dass wir eure Schreibtische nicht richtig sauber machen." Die Worte brachen irgendwie verrenkt, entstellt, aus ihr hervor, so als zerkaue sie deren Enden, um sie dann auszuspucken. Ich drehte mich in die Richtung, aus der die Stimme kam. „Unsere" Gilda war dem tristen Ort, an dem wir arbeiteten, durchaus ebenbürtig. Sie war höchstens einen Meter fünfzig groß. Ein unterentwickeltes Skelett, umwickelt mit toter, tausendfach gerupfter Hühnerhaut. Als sei sie vor Jahrzehnten schon gebraucht im Sonderangebot gekauft worden. Eine Handvoll spärlicher Haarbüschel wuchsen hier und da auf ihrem Schädel, ausgestattet mit einem ähnlich unbestimmtem Farbton und unklarer Struktur wie ihre Haut. Ihr Gesicht war so erbarmungslos hässlich, wie ich noch keines im Leben gesehen hatte. Welcher Unmensch hatte sie nur Gilda getauft? Die Zeit lief so gleichgültig über sie hinweg wie ein Fußgänger, der an einem regnerischen Tag eine matschige, aufgeweichte Papiertüte zertritt.

„Warum heiratest du nicht, Gilda?" Ich hatte mich daran gewöhnt, diese Frage dreimal wöchentlich zu hören, immer dann, wenn Gilda unseren Boden putzte. Und genauso immer die gleiche Antwort. „Ich werde heiraten, wenn Gott es will, Iákowo. So etwas liegt in Gottes Hand. Wenn es Gottes Wille ist, wird er auch mir einen guten Mann schicken."

Anscheinend hatte ihr guter Gott sich dann endlich dazu entschieden, für Gilda, die plötzlich verschwunden war, zu sorgen. Von den anderen Putzfrauen erfuhren wir, dass sie sich acht Tage frei genommen hatte, um zu heiraten. Bei ihrer Rückkehr war sie noch vertrockneter und dürrer als jemals zuvor. Die Kollegen nahmen sie auf die Schippe. „Mensch, was hat die Gilda zugenommen!" der eine und: „Sieht aus, als wäre sie schwanger ..." der andere. „Mensch, Gilda", brüllte auch ich, „was sind das denn für Reize?"

Aber Gilda, die sonst nie sauer wurde, grummelte, spuckte ein geradezu mörderisches Wort über ihre trocknen Lippen und lies uns stehen. Eine ganze Weile lang kam und ging Gilda mit ihren ausgedörrten, hageren Beinen, ohne ein Wort zu sagen. Bis sie sich eines Tages, als alle Kollegen schon gegangen waren, zu mir setzte. „Hallo Gilda! Wie geht`s dir? Bist du glücklich?"

- Ach, hör doch auf, Frau Antigóni, ich glaub, ich lass mich scheiden.

- Aber Gilda, so unmoralische Sachen will ich nicht hören. Scheiden lassen, na so was. Und warum?

- Er ist pervers, Frau Antigóni, ich trau mich gar nicht, es Ihnen zu sagen!

- Mensch, Gilda, wer denn?

- Na er, mein rechtschaffener Mann.

Derartige Ausdrücke aus diesem Körper, aus diesem Mund zu hören, machten die Wörter ungeheuerlich.

- Bist du dir sicher, Gilda?
- Ganz sicher, Frau Antigóni, wie sollte ich nicht sicher sein?
- Aber wo hast du ihn denn kennen gelernt, du Arme?
- Na ja, er wurde mir vermittelt. Vom Herrn Apóstolos. Ein seriöser Herr mit eigenem Friseurgeschäft, den die ganze Nachbarschaft achtet. „Wer mit deinem Schicksal, arme Katína", sprach er mich eines Tages im letzten Jahr an - ich heiße nämlich Katína, nur ihr hier nennt mich Gilda -, „wer mit deinem Schicksal bekommt schon so einen tollen Burschen? Ein guter Junge, ruhig, arbeitsam, aber schau mal, er braucht ein wenig Geld, um sein Geschäft anzukurbeln. Und Recht hat er." „Ich will eine Familie gründen", sagt er, „ein Haus bauen, es werden Kinder kommen." „Wenn er ein wenig Geld investieren könnte, wird sein Geschäft florieren."

- Was hat er für ein Geschäft, Gilda?
- Das habe ich ihn auch gefragt, Frau Antigóni, doch er wollte erst ganz genau wissen, wie viel Aussteuer ich habe. „Ich bin ein Mädchen, das arbeitet, mein lieber Herr Apóstolos, verstehst du, ich habe schon das Nötige gespart." „Wie viel denn genau?" Aber ich habe ihm kein Wort von den fünfundzwanzigtausend Drachmen auf meinem Sparbuch erzählt.

- Warte mal, Gilda, unterbrach ich sie. Woher hast du denn so viel Geld? Besitzt du wirklich fünfundzwanzigtausend auf der Bank?
- Nein, bei der Post.
- Aber wie viel verdienst du denn im Monat?
- Sechshundertfünfzig, netto, Frau Antigóni. Na ja, jedes Jahr habe ich einen Tausender auf die Seite gelegt. Mal die sechsundzwanzig Jahre, die ich schon arbeite. Das macht dann alles zusammen meine Aussteuer!
- Lebst du alleine?
- Gott bewahre! Ich habe noch meine Mutter. Doch wie gesagt, der Herr Apóstolos beharrt und will wissen, wie viel ich dem Bräutigam geben könne, als Kapital für das Geschäft.
- Aber du hast mir noch gar nicht erzählt, was für ein Geschäft er eigentlich hat.
- Na, Gemüsehändler, Frau Antigóni, fahrender Gemüse-

händler. Du weißt schon. Er klappert die Viertel ab, mal mit Gemüse, mal mit Früchten, mal mit Brokkoli. Je nach Saison, wie man so sagt. Schön! „Wenn du allerdings ein paar Scheine hast", meint Herr Apóstolos, „und dem Prachtkerl vier Tausender gibst, dann kann er sich ein Eselchen kaufen, und das Geschäft wird florieren." „Ich will mir den Burschen erst einmal anschauen, und wenn er mir gefällt, dann ja." Herr Apóstolos bringt ihn mir also ein, zwei Mal nach Hause. Hübsch. Mit seinem sauberen Hemd und schüchtern. Ein wenig klein vielleicht, aber ich bin ja auch nicht groß.

- Ist er sehr klein, Gilda?
- Sehr klein, ein wenig klein, ich weiß es nicht. Ich sag mal, wir sind beide gleich groß. Schön und gut! Sein linkes Auge ist auch ein wenig kaputt, aber das sieht man nicht, er sieht gut aus! Mir ist es nicht mal aufgefallen. Weil er so schüchtern ist und immer unter sich schaut. Meine Mutter meint zu mir: „Er ist gut, Katína, nimm ihn nur, mein Kind."
- Hat sie dir das in seinem Beisein gesagt?
- Nein! Wir sind in unsere kleine Küche gegangen, um Kaffee zu kochen. Ich bin dann wieder raus, „Herr Apóstolos", habe ich gesagt, „meine Mutter gibt mir ihren Segen, ich nehme ihn."
- Hast du ihm gefallen, Gilda?
- Aber natürlich. „Achtbar ist sie, angemessen, genau so will ich meine Frau", hat er gesagt. Also haben wir uns verlobt. Einen Monat später soll die Hochzeit sein. Ich habe ihm die vier Tausender gegeben. Am nächsten Abend klopft es an die Tür. „Das wird er sein, Mutter." Meine Mutter bekreuzigte sich: „Gelobt sei Gott, mein Kind, dass auch an unsere Tür ein Mann anklopft, nun geh, mach ihm auf." Ich öffne, es ist Digenís.
- Welcher Digenís, Gilda?
- Der Bräutigam, Frau Antigóni. „Ich habe ihn mitgebracht, komm raus und schau ihn dir an", sagte er zu mir. Ich gehe nach draußen und sehe, ans Straßengeländer angebunden, einen starken, neuen Esel. Wunderbar! „Na dann viel Glück", wünsche ich ihm. „Komm rein, ich mach dir einen Kaffee." „Keine Zeit", antwortet er, „ich habe unheimlich viel zu tun, tschüss", und weg ist er. „Wo ist er?", fragt mich meine Mutter, als ich ins Haus zu-

rückkomme. „Geh ans Fenster, Mutter, da ist er angebunden." „Aber Kind, wer hat den Kerl denn angebunden?" Was haben wir zwei gelacht, als ich ihr erklärte, dass Digenís den Esel gebracht hat, dann jedoch weg ist, um Waren einzukaufen, weil er sich morgen in aller Früh in die Viertel aufmachen will. Am nächsten Morgen stehe ich auf, um ins Büro putzen zu gehen, und der Esel, entschuldigen Sie den Ausdruck, ist immer noch am Geländer angebunden. Ich überleg mir, was mit Digenís los ist, ob er sich vielleicht erkältet hat? Am Abend, tock, tock, klopft es an die Tür. Ich renn hin, „Hallo, hereinspaziert!" Er kam mir aber irgendwie verdrießlich vor. „Bist du krank, Digení?" „Nein", meint er, es gäbe nur ein paar finanzielle Schwierigkeiten. „Los, Digení, sag schon." Wieder nein, Probleme mit Geld seien Männersache. Er redet sehr schön, Frau Antigóni. Doch ich wurde sauer. „In einem Monat", sage ich zu ihm, „werde ich deine Frau sein, oder etwa nicht?" „Doch, das wirst du", antwortet er. „Und du sagst mir nicht, was du auf dem Herzen hast?" „Du hast ja Recht", meint er mit ernster Miene. „Also, ich dachte", erklärt er mir, „dass mir der Meister den Karren auf Kredit gibt und ich ihn langsam abbezahlen kann. Der will aber alles im Voraus." „Karren? Ja, hast du denn keinen Karren, Digení?" „Wie sollte ich einen Karren haben, wo ich doch nicht mal einen Esel hatte?" „Jetzt hast du einen Esel." „Genau", bestätigt er, „aber was soll ich ohne Karren mit dem Esel anfangen? Absolut wertlos!" „Also, jetzt übertreib mal nicht, … du hättest es mir sagen müssen." „Ich wollte nicht, dass du dir Sorgen machst", antwortet er sehr ernsthaft. „Du sollst nicht schlecht über mich denken." Schön! „Und wie viel kostet der Karren?" „Fünftausend Drachmen, zusammen mit dem Zaumzeug für den Esel." „Einverstanden, Digení", sage ich, „das bezahle ich nach der Hochzeit." „In Ordnung", meint auch er, „aber dann lass uns schneller heiraten." „Das ist die beste Idee", stimmt meine Mutter zu. Sehr schön!

Am folgenden Sonntag wurden wir vermählt. Wieder zu Hause lädt die Nachbarin meine Mutter ein, bei ihr im Haus zu schlafen. Du verstehst schon, damit wir sie nicht in den Füßen haben, erste Nacht und so, es gibt ja alles in allem nur ein Zimmerchen. Digenís zieht sein Jackett aus, setzt sich aufs Bett und sagt ganz ernst „Zieh dich aus" zu mir. Ich gehe also in die Küche, ziehe mein Kleid aus, schlüpfe in mein Nachthemd und ziehe noch ein Jäckchen über, das mir meine Mutter mit ihren eigenen Händen gestrickt hat. Darüber noch einen schönen Flanellbademantel, sehr gute Qualität, und, weil ich ihn in einem Lager gekauft habe, trotzdem günstig. Schön! Ich komme ins Zimmer.

„Zieh dich aus", sagt Digenís. Ich ziehe den Bademantel aus und will mich ins Bett legen.

„Zieh dich aus", sagt Digenís. Also ziehe ich das Jäckchen aus und trage nun nur noch mein Nachthemd. Schön!

„Zieh dich aus", sagt Digenís. Was sollte ich tun, Frau Antigóni, er war ja nun mein Mann, ich ziehe auch mein Nachthemd aus und bleibe im Unterrock aus schwarzem Jersey und meinem Hemdchen mit den kurzen Ärmelchen stehen. Digenís hebt den Blick. „Zieh dich aus!", nun mit drohender Stimme. Was sollte ich tun, ich ziehe auch noch den Unterrock aus und habe nur noch mein Hemdchen und die Unterhose an.

„Ich sagte, zieh dich aus!"

Na, da habe ich es nicht mehr ausgehalten. „Hör mir gut zu", sage ich zu ihm, „das sind perverse Sachen und ich bin ein tugendhaftes Mädchen, so etwas mache ich nicht."

„Mensch, soll`s dir vielleicht dein Liebhaber beibringen?" Da bin ich wütend geworden. „Du willst mir was von Liebhabern erzählen? Mir, die ich so, wie ich hier vor dir stehe, noch nie von irgendwem berührt worden bin!" Und dann bin ich zum ersten Mal im Leben ohne meine Mutter ins Bett. Und habe an die Nachbarinnen gedacht, die mich am nächsten Morgen ausfragen würden. Er sitzt auf dem Stuhl und qualmt eine nach der anderen. Will er abhauen? Ich bekomme es mit der Angst. Genau in dem Moment fängt der Esel so laut an zu schreien, dass das Haus wackelt. Kaum hat er aufgehört, steht mein Mann auf, zieht die Bettdecke weg, grabscht nach mir und zieht mir die Unterhose aus. „Hör auf! Hier, Herr Digenís, bist du in einem tugendhaften Haus."

„Und wie bitte, soll ich es dir machen, mit deiner Unterhose?" Aber, Frau Antigóni, ich wollte ihn nicht, ganz egal, was die Nachbarn auch sagten. Und dann fängt er mit Schmeicheleien an.

„Ich habe das nur gemacht", erklärt er, „um zu sehen, ob du ehrbar bist." Am nächsten Morgen ist alles bestens. Ich stehe auf und bringe ihm Kaffee und Sesamkringel. „Auf", sagt er, „lass uns den Karren kaufen, damit ich dich durchs ganze Viertel spazieren fahren kann." So haben wir`s gemacht. Schön! Am anderen Morgen gab`s kein Frühstück. Natürlich nicht, er hatte mich ja die ganze Nacht kein Auge zutun lassen. Die ganze Nacht ging`s rund, … flatsch, flutsch …

- Hat er dich geschlagen?

- Aber nein! Mich … na, vom … Sie wissen schon. Und er war ausgelaugt. „Wach auf", sage ich zu ihm, „es ist schon hell." Er zieht sich an und geht. Schön. Nach einer Stunde kommt er missmutig zurück. „Die Großhändler auf dem Gemüsemarkt lassen mich nicht anschreiben. Ich soll, sagen sie, zuerst zweitausend Drachmen als Sicherheit hinterlegen und kann danach so viel Ware mitnehmen, wie ich will. Seht ihr nicht den herrlichen Esel und den neuen Karren? Lasst mich anschreiben. Ich muss meine Familie ernähren. Nicht mal Petersilie haben sie mir gegeben, liebe Katína." „Warte", sage ich ihm. „Wo willst du hin?" „Geld für dich abheben." „Ich komme mit." „Nein, ich gehe alleine." „Was sagst du da, Mensch? Willst du Geld von deinem Liebsten holen?"

Verstehst du, Frau Antigóni, die Eifersucht hatte angefangen. Dabei wollte ich doch nur deshalb alleine gehen, damit er nicht sieht, wie viel Geld ich auf der Post habe. „Hör zu", sag ich zu ihm, „ich arbeite ehrenhaft bei der Stadt." Ich mach mich auf den Weg und hole ihm zwei Tausender … Am Abend kommt er mit Leber nach Hause. Schön! Nachdem er am nächsten Tag zur Arbeit ist, sage ich zu meiner Mutter: „Ich habe mich vier Tage lang ausgeruht, ohne im Büro zu putzen und werde jetzt zur Frau Eutérpi gehen und die Arbeit verrichten, um die sie mich gebeten hat." Ich gehe also, bohnere das Parkett, bekomme den kompletten Tageslohn, „als Hochzeitsgeschenk", sagt sie, obwohl ich nur fünf Stunden gearbeitet habe, und mache mich auf den Heimweg. Und, was muss ich Arme da entdecken? Meine Mutter, auf einen Stuhl gefesselt, mit einem Knebel im Mund. Schrank und Truhe sind komplett ausgeräumt. „Wer hat dich gefesselt, Mutter?"

„Der Digenís, mein Kind", antwortet sie, kaum dass ich ihr das Staubtuch aus dem Mund genommen habe. „Oh nein!", klage ich laut. „Still, Hündin, mach uns nicht lächerlich im Viertel. Binde mich los!" Verstehst du, Frau Antigóni? Er war hinter meinem Sparbuch her, und sie hat es ihm nicht gegeben, die Ärmste. „Bring mich um, aber das Sparbuch gebe ich dir nicht. Seit sechsundzwanzig Jahren putzt mein Kind hinter den Dreckschuhen der Leute her, um für ihre Aussteuer zu sparen. Du musst mich umbringen, um da ranzukommen." Das hat meine Mutter zu ihm gesagt. Daraufhin hat er sie gefesselt, das Haus komplett auf den Kopf gestellt, bis er das Sparbuch in der Truhe gefunden hatte und sich dann aus dem Staub gemacht. Und meine Mutter weinte in der einen Ecke und ich in der anderen. „Beruhige dich, Mutter, ich werde weiterarbeiten und alles noch einmal sparen ..."

- Und du bist nicht zur Polizei gegangen, Gilda?

- Nein, aber das war auch besser so, Frau Antigóni, denn er hat seine Tat bereut. Spät abends kam er an. Er hatte wohl vorm Haus auf der Lauer gelegen, denn kaum hatte ich die Lampe gelöscht ...

- Habt ihr keinen Strom, Gilda?

- Nein, Frau Antigóni. Also, wie ich schon sagte, kaum ist das Licht aus, höre ich Schritte im Hof. Das wird er sein, denke ich mir. Ich höre ein leises Klopfen, frage, wer da ist und bekomme „Ich, Digenís" als Antwort. Ich öffne. Schließlich ist er ja jetzt mein Mann. „Nimm schon", stößt er hervor, „ich habe nichts abgehoben", und hält mir mein Sparbuch hin. Ich zünde die Lampe an, schlage es auf, nicht ein einziger Zehner fehlt. Fünfundzwanzigtausend Drachmen hatte ich gespart, die restlichen vierzehntausend Drachmen waren immer noch da. „Warum hast du das gemacht, mein lieber Digení?"

- Das hab ich gemacht, um dir zu zeigen, dass du Vertrauen zu mir haben musst. Ich bin zwar arm, lasse mir jedoch nichts zu Schulden kommen.

- Warte mal, Gilda, unterbreche ich sie, kannst du eigentlich schreiben?

- Na ja, nicht so richtig, aber unterschreiben kann ich und Zahlen schreiben kann ich auch, die erkenne ich also.

- Und dich hat nie jemand darüber aufgeklärt, dass von einem Sparbuch auf deinen Namen, es ist doch auf Katína ausgestellt, oder?

- Ja.

- Dass niemand außer dir von dort Geld abheben darf?

- Schon möglich, schon möglich, Frau Antigóni. Denn er sagte zu ihnen, erzählt er mir, das Sparbuch gehöre seiner Frau und: „Sehen Sie, hier ist unsere Heiratsurkunde", denn die hatte er bei sich. Woraufhin die ihn fragten: „Ach, hat das Fräulein Katína geheiratet?" „Aber sicher", meint Digenís, „am Sonntag war unsere Trauung." „Na, dann viel Glück. Da Sie ihr Mann sind, können Sie alles abheben." Er jedoch antwortete: „Danke, nicht nötig." Bei so etwas ist er rechtschaffen.

- Prima, Gilda. Aber aus welchem Grund sagst du dann, dass du dich von ihm scheiden lassen willst?

- Weil er pervers ist und sich bis in die frühen Morgenstunden im Puff in der Nachbarschaft herumtreibt. Deshalb, Frau Antigóni.

Deshalb, meine Damen und Herren.

NACHWORT ZUR ERSTAUSGABE VON 1978: Ungeplant war das vorliegende Buch plötzlich brandaktuell. Ich spreche von seinem ersten Teil mit dem Titel „Über die Junta", in dem eine der drei autobiographischen Erzählungen von einer psychiatrischen Klinik handelt.

Fünf Jahre lang habe ich es ständig vor mir hergeschoben, mein diesbezügliches Zeugnis niederzuschreiben. Schon der Gedanke daran, in meine Aufzeichnungen zu schauen, erfüllte mich mit Panik. Ich brauchte eine enorme Selbstdisziplin, um sie zu überarbeiten, und konnte mich letztendlich nicht davor schützen, dass es mich wieder genau wie damals zerschmetterte. Erst jetzt verstehe ich die Juden und Jüdinnen, die die Konzentrationslager der Nazis überlebt haben und ihre Erinnerungen in sich unter Verschluss halten, und ihre Weigerung, in jene Vergangenheit zurückzukehren und mir über das ihnen Widerfahrene zu berichten - was mich damals, als ich das Material für mein Buch „Die Juden einst ..." sammelte, mit solcher Ratlosigkeit und vielleicht sogar Verärgerung erfüllte. Jetzt begreife ich, warum keiner der Überlebenden der Verbannungsinseln und der Zellen der ESA, warum kein einziger jemals einen seiner Folterer umgebracht hat: Wir weigern uns, noch einmal in jenen Moment zurückzukehren, in dem sie uns ohne Betäubung amputiert haben.

Ich durchschaue allerdings noch etwas, da die Bearbeitung der ersten Korrekturbögen meines Buches mit der Aufdeckung des Skandals der eingesperrten Karyóti-Tochter im Dorf Kostaléxi zusammenfällt. Es sah so aus, als hätte die Entdeckung ganz

Griechenland und „seine Kultur" erschüttert. Das zeigte die Berichterstattung, die auch in den seriösesten Zeitungen den Charakter einer Seifenoper angenommen hatte. Und dennoch hat keiner der unzähligen und verdienten Journalisten, die sich mit dem Thema beschäftigt haben, die tatsächlichen Angeklagten ausgemacht. Denn das sind weder die Familie Karyóti noch das Dorf Kostaléxi und noch nicht einmal die allseits bekannte Kriminalität der nationalistischen „legalen" Mörder. Nein, angeklagt für das Wegsperren der bedauernswerten Karyóti über einen Zeitraum von neunundzwanzig Jahren in den elenden Knast im eigenen Haus, ist der Staatsapparat. Der nun einmal, mit größtmöglicher Milde beurteilt - und das müssen wir akzeptieren -, keine Wunder vollbringen kann, um die auf primitivstem Niveau befindlichen landwirtschaftlichen Regionen des Landes von heute auf morgen zu entwickeln. Es ist jedoch seine Pflicht, uns zu erklären, was sich hinter der Aussage des Vaters Karyóti versteckt, der, als er informiert wurde, dass seine Tochter an einer unheilbaren Krankheit leidet, erklärte: „Die Eléni wird hier, bei uns zu Hause sterben." Diesen Glaubenssatz hatte er auch seinen Kindern weitergegeben, die sich voll und ganz daran hielten.

Und da drängt sich die Frage auf: Warum empfinden die Menschen - und noch die ungebildetsten unter ihnen - eine solche Abscheu bei dem Gedanken, jemanden aus der Familie in eine psychiatrische Klinik zu sperren, egal ob staatlich oder privat? Wieso opfern sich oftmals, wie im Fall Karyóti, ganze Familien dafür auf, für ein Familienmitglied, das verrückt geworden ist, den Wärter zu spielen?

Was geschieht in den Psychiatrien, wovon der Bürger weiß und sich deshalb weigert, diese Einrichtungen in Anspruch zu nehmen, was der Staat jedoch nicht wissen will? Ist es wirklich möglich, dass noch nie Beschwerden bis zu den zuständigen staatlichen Stellen gedrungen sind? Ignoriert es der Staat tatsächlich, dass Menschen sterben und die Psychiatrien es nicht für nötig halten, die Familien von ihrem Tod zu unterrichten? Ist das Gerücht aus der Luft gegriffen, dass die Wärter vielfach hilflose psychisch Kranke für die Befriedigung ihrer sexuellen Gelüste missbrauchen?

Die Tragödie um die in einer privaten psychiatrischen Klinik eingesperrte Tochter einer bekannten Dichterin, die sich vor einigen Jahren ereignete, ist noch nicht vergessen. Das Mädchen erlebte Perioden absoluter Klarheit und Ausgeglichenheit. In einem solchen Augenblick flüchtete sie aus der Klinik. Die sie weder suchte, geschweige denn ihr Verschwinden meldete. Als die Mutter das Mädchen nach einigen Tagen besuchen wollte, war ihre Tochter nirgends zu finden. Die Polizei wurde benachrichtigt und entdeckte sie irgendwann tot in einem Pinienwald bei Kifisiá, gestorben an Unterernährung und Kälte.

Und … und … und … und mit jener übermäßig aufgeblähten Anklageschrift, wird die ach so sensible Gesellschaft die Familie vor Gericht zerren. Zu Unrecht. Alles Lüge und Heuchelei. Denn das wahre Merkmal der erbarmungslosen Realität ist die Gleichgültigkeit. Und wenn jemand wegen seines Desinteresses angeklagt werden muss, dann nur der Staat selbst.

Wenn dagegen die Geschwister der Eléni Karyóti wirklich hartherzig gewesen wären, dann hätten sie sich ihrer verrückten Schwester schon lange entledigt, nämlich indem sie sie - spätestens nach dem Tod ihres Vaters - in eine psychiatrische Klinik gesperrt hätten. Sie haben es jedoch nicht getan. Obwohl es eine Tatsache ist, dass sie die Demütigung der Familie durch die öffentliche Meinung ihres zurückgebliebenen Dorfes ständig erneuerten, indem sie die Verrückte zu Hause behielten.

Weshalb? Wie ist es möglich, dass die Psychiatrien so verrufen sind und der Staat dies ignoriert?

Wie schon gesagt: Der Staat kann nicht von heute auf morgen das kulturelle Niveau des Landes anheben. Er kann allerdings - und dazu ist er verpflichtet - das Psychiatriesystem durch radikale Reformen verbessern, die Betreiber überwachen, tatsächliches Interesse beweisen und die Arbeit der psychiatrischen Kliniken kontrollieren.

Dann und nur dann kann sich der Staat von der Anklage befreien, all die oben genannten Verbrechen und darüber hinaus das größte von allen begangen zu haben: nämlich Bürger für die vom Staatsapparat selbst begangenen Verbrechen zu verfolgen und zu richten.

Anmerkungen

[1] Papadópoulos Geórgios (1919-1999), Militär, Führer des Putsches vom 21.04.1967, Premierminister (1967-73), Staatspräsident (1973).

[2] Doch dann starb Hanna im August 1973. Warum muss diese bezaubernde Frau, die voller ungeschriebener Gedichte ist, mit 36 Jahren sterben? (Anmerkung von Lily Zográfou)

[3] Purefoy John, CIA-Agent und von 1950 bis 1953 US-Botschafter in Griechenland. Mischte sich extrem in innergriechische Angelegenheiten ein und genoss den Ruf, der eigentliche Regent des Landes zu sein.

[4] Patakós Stilianós, Putschgeneral, von 1967 bis 1973 Innenminister, nach der Junta zum Tode verurteilt, später zu Lebenslänglich begnadigt, seit einigen Jahren auf freiem Fuß und aktiv bei der faschistischen Organisation Patriotikí Symmaxía - Patriotisches Bündnis. Wurde bekannt durch die Reaktion der Schauspielerin Melína Merkoúri (1920-1994), als er ihr die Staatsbürgerschaft entzog: „Ich bin als Griechin geboren und werde als Griechin sterben. Patakós wurde als Faschist geboren und wird als Faschist sterben."

[5] Giorgalás Geórgios, Sprecher der Junta, wurde der Goebbels Griechenlands genannt.

[6] Zeitung der kommunistischen EDA (Eniaía Dimokratikí Aristerá - Vereinigte Demokratische Linke).

[7] Kleinasiatische Katastrophe, Griechisch-Türkischer Krieg (1919-22). Endete mit der Niederlage Griechenlands, das in der Folge (Frieden von Lausanne, 1923) die Gebiete an der türkischen Westküste und Ostthrazien verlor.

[8] Venizélos Elefthérios (1864-1936), Politiker, 7-maliger Premierminister zwischen 1910 und 1933.

[9] „Ellás, Ellínon, Christianón" – „Griechenland der christlichen Griechen", Parole der Junta.

[10] Ellinikí Stratiotikí Astynomía - Griechische Militärpolizei, bekanntes Folterzentrum in Athen.

[11] Karangiósis, Hauptfigur und Namensgeber des traditionellen griechischen Marionettentheaters.

[12] Bei geringfügigen Vergehen und kleinen Strafsachen in Griechenland möglich.

[13] In Folge der Autonomiebestrebungen der Bevölkerung Ost-Pakistans (heutiges Bangladesh, seit 1971/72 unabhängig) ermordete die Pakistanische Armee zwischen 1969 und 1971 ca. eine Million Menschen. Zehn Millionen flüchteten nach Indien, wo viele an Hunger und Seuchen starben.

[14] Korovésis Periklís, geb. 1941, linker Intellektueller, während der Militärdiktatur verhaftet und gefoltert. Veröffentlichte 1969 das - in Griechenland damals verbotene - Buch „Anthropofylakes" – „Die Menschenwärter", in dem er über die erlittene Folter berichtet.

[15] Tsouderoú Virginía, Schriftstellerin, Parlamentarierin der konservativen Néa Dimokratía, Vize-Außenministerin der Mitsotákis-Regierung (1990-93).

[16] Mantinea (gr. Mantineía), antike Stadt auf der ostarkadischen Hochebene Griechenlands.

[17] Pan - mythischer Gott der Hirten Arkadiens, mit menschlichem Körper, Ziegen-

beinen, Ohren und Hörnern. (gr. pan - die ganze Welt, All; pántes - alle, ein jeder).
[18] Messenien (gr. Messinía), Landschaft und Verwaltungsbezirk in der Süd-West-Peloponnes.
[19] „Den pistévo típota, den elpízo típota, eímai lévtheros", berühmtes Zitat des Schriftstellers Níkos Kazantzákis (1883-1957).
[20] In Griechenland werden traditionell die Namenstage gefeiert und mit Hausbesuchen von Verwandten, Freunden und Bekannten begangen. Bekannte Persönlichkeiten, oder solche, die sich dafür halten, geben in Zeitungsanzeigen bekannt, wenn sie es vorziehen, an diesem Tag keine Besuche zu empfangen.

Reihe: Widerständige Frauen

Sulamith Sparre
Denken hat kein Geschlecht
Mary Wollstonecraft (1759 – 1797). Menschenrechtlerin

Verlag Edition AV
ISBN: 3-936049-70-x
ISBN: 978-3-936049-70-1
Taschenbuch; 220 Seiten
Preis: 17,00 €

In den mehr als zwei Jahrhunderten nach Mary Wollstonecrafts Veröffentlichung „Die Verteidigung der Rechte der Frau" wurde die Verfasserin zu einer Ikone des modernen Feminismus. Die Suche nach dem idealen Mann (die der Autorin manche Niederlage bescherte), dem wirklichen Partner der Frau – 200 Jahre vor unserer Genderdiskussion: ein aufwühlender Gedanke. Obwohl sie im 18. Jahrhundert lebte, erinnert Mary Wollstonecraft an eine Frau unserer Zeit. Ihr ganzes Leben lang kämpfte sie um die Anerkennung der Würde der Frau und ihre Befreiung von männlicher Vorherrschaft, gegen eine extrem patriarchalisch orientierte Gesellschaft, die ganz selbstverständlich von der geringeren Intelligenz und dem geringeren Wert der Frau ausging und ihr darum fast jede Bildungsmöglichkeit vorenthielt.

Gesamtverzeichnis Verlag Edition AV

Anarchie ♦ Theorie ♦ Pädagogik ♦ Literatur ♦ Lyrik ♦ Theater ♦ Satire ♦ Geschichte

Gwendolyn von Ambesser ♦ **Die Ratten betreten das sinkende Schiff** ♦ Das absurde Leben des jüdischen Schauspielers Leo Reuss ♦ 3-936049-47-5 ♦ 18,00 €
Gwendolyn von Ambesser ♦ **Schaubudenzauber** ♦ Geschichten und Geschichte eines legendären Kabaretts ♦ 3-936949 – 68-8 ♦ Preis 18,00 €
Yair Auron ♦ **Der Schmerz des Wissens** ♦ Die Holocaust- und Genozid-Problematik im Unterricht ♦ ISBN 3-936049-55-6 ♦ 18,00 €
Alexander Berkman ♦ **Der bolschewistische Mythos.** Tagebuch aus der russischen Revolution 1920 – 1922. ♦ ISBN 3-936049-31-9. ♦ 17,00 €
Franz Barwich ♦ **Das ist Syndikalismus** ♦ Die Arbeiterbörsen des Syndikalismus ♦ ISBN 3-936049-38-6 ♦ 11,00 €
Ermenegildo Bidese ♦ **Die Struktur der Freiheit** ♦ Chomskys libertäre Theorie und ihre anthropologische Fundierung ♦ ISBN 3-9806407-3-6 ♦ 4,00 €
Ralf Burnicki ♦ **Anarchismus & Konsens.** Gegen Repräsentation und Mehrheitsprinzip: Strukturen einer nichthierarchischen Demokratie ♦ ISBN 3-936049-08-4 ♦ 16,00 €
Ralf Burnicki ♦ **Die Straßenreiniger von Teheran** ♦ Lyrik aus dem Iran ♦ ISBN 3-936049-41-6 ♦ 9,80 €
Michael Bootz ♦ **Besser wird nischt** ♦ Neue Wertschöpfungsgeschichten ♦ Satiren ♦ ISBN 3-936049-63-7 ♦ 12,50 €
Cornelius Castoriadis ♦ **Autonomie oder Barbarei** ♦ Ausgewählte Schriften, Band 1 ♦ ISBN 3-936049-67-x ♦ 17,00 €
Helge Döhring ♦ **Syndikalismus im „Ländle"** ♦ Die Freie Arbeiter-Union Deutschlands (FAUD) in Würtemberg 1918 – 1933) ♦ ISBN 3-936049-59-9 ♦ 16,00 €
Wolfgang Eckhardt ♦ **Von der Dresdner Mairevolte zur Ersten Internationalen** ♦ Untersuchungen zu Leben und Werk Michail Bakunin ♦ ISBN 3-936049-53-x ♦ 14,00 €
Magnus Engenhorst ♦ **Kriege nach Rezept** ♦ Geheimdienste und die NATO ♦ ISBN 3-936049-06-8 ♦ 8,90 €
Francisco Ferrer ♦ **Die Moderne Schule** ♦ Herausgegeben und kommentiert von Ulrich Klemm ♦ ISBN 3-936049-21-1 ♦ 17,50 €
Moritz Grasenack (Hrsg.) ♦ **Die libertäre Psychotherapie von Friedrich Liebling** ♦ Eine Einführung in seine Großgruppentherapie anhand wortgetreuer Abschriften von Therapiesitzungen ♦ Mit Original-Tondokument und Video auf CD-ROM ♦ ISBN 3-936049-51-3 ♦ 24,90 €
Stefan Gurtner ♦ **Das grüne Weizenkorn** ♦ Eine Parabel aus Bolivien ♦ Jugendbuch ♦ ISBN 3-936049-40-8 ♦ 11,80 €
Stefan Gurtner ♦ **Die Abenteuer des Soldaten Milchgesicht** ♦ Historischer Roman ♦ ISBN 3-936049-62-9 ♦ 14,00 €
Michael Halfbrodt ♦ **entscheiden & tun. drinnen & draußen.** ♦ Lyrik ♦ ISBN 3-936049-10-6 ♦ 9,80 €

Fred Kautz ♦ **Die Holocaust-Forschung im Sperrfeuer der Falkhelfer** ♦ Vom befangenen Blick deutscher Historiker aus der Kriegsgeneration ♦ ISBN 3-936049-09-2 ♦ 14,00 €
Fred Kautz ♦ **Im Glashaus der Zeitgeschichte** ♦ Von der Suche der Deutschen nach einer passenden Vergangenheit ♦
Ulrich Klemm ♦ **Anarchisten als Pädagogen** ♦ Profile libertärer Pädagogik ♦ ISBN 3-936049-05-X ♦ 9,00 €
Ulrich Klemm ♦ **Freiheit & Anarchie** ♦ Eine Einführung in den Anarchismus ♦ ISBN 3-936049—49-1 ♦ 9,80 €
Markus Liske ♦ **Deutschland. Ein Hundetraum** ♦ Satire ♦ ISBN 3-936049-25-4 ♦ 16,00 €
Markus Liske ♦ **Freier Fall für freie Bürger**♦ Eine Sozialgroteske ♦ ISBN 3-936049-65-4 ♦ 11,80 €
Subcomandante Marcos ♦ **Der Kalender des Widerstandes.** Zur Geschichte und Gegenwart Mexikos von unten ♦ ISBN 3-936049-24-6 ♦ 13,00 €
Stefan Mozza ♦ **Abschiet** ♦ Roman ♦ ISBN 3-936049-50-5 ♦ 16,00 €
Jürgen Mümken; Freiheit, Individualität & Subjektivität. ♦ Staat und Subjekt in der Postmoderne aus anarchistischer Perspektive. ♦ ISBN 3-936049-12-2.♦ 17,00 €
Jürgen Mümken ♦ **Anarchosyndikalismus an der Fulda.** ♦ ISBN 3-936049-36-X. ♦ 11,80 €
Jürgen Mümken (Hrsg.) ♦ **Anarchismus in der Postmoderne** ♦ Beiträge zur anarchistischen Theorie und Praxis ♦ ISBN 3-936049-37-8 ♦ 11,80 € ♦
Abel Paz und die **Spanische Revolution.** Interviews und Vorträge. ♦ ISBN 3-936049-33-5 ♦ 11,00 €
Wolfgang Nacken ♦ **auf'm Flur** ♦ Roman ♦ ISBN 3-936049-28-9 ♦ 11,80 €
Rudolf Naef ♦ **Russische Revolution und Bolschewismus 1917/18 in anarchistischer Sicht** ♦Aus vielen Originalquellen ♦ ISBN 3-936049-54-8 ♦ 14,00 €
Stefan Paulus ♦ **Zur Kritik von Kapital und Staat in der kapitalistischen Globalisierung** ♦ ISBN 3-936049-16-5 ♦ 11,00 €
Abel Paz & die Spanische Revolution ♦ Bernd Drücke, Luz Kerkeling, Martin Baxmeyer (Hg.) ♦ Interviews und Vorschläge ♦ 3-936049-33-5 ♦ 11,00 €
Alfons Paquet ♦ **Kamerad Fleming** ♦ Ein Roman über die Ferrer-Unruhen ♦ ISBN 3-936049-32-7 ♦ 17,00 €
Dietrich Peters ♦ **Der spanische Anarcho-Syndikalismus** ♦ Abriss einer revolutionären Bewegung ♦ ISBN 3-936049-04-1 ♦ 8,80 €
Benajmin Péret ♦ **Von diesem Brot esse ich nicht** ♦ Sehr böse Gedichte ♦ ISBN 3-936049-20-3 ♦ 9,00 €
Oliver Piecha ♦ **Roaring Frankfurt** ♦ Ein kleines Panorama der Frankfurter Vergnügungsindustrie in der Weimarer Republik ♦ ISBN 3-936049-48-3 ♦ 17,00 €
Pierre J. Proudhon ♦ **Die Bekenntnisse eines Revolutionärs.** ♦ ISBN 3-9806407-4-4 ♦ 12,45 €
Michel Ragon ♦ **Das Gedächtnis der Besiegten** ♦ Roman ♦ ISBN 3-936049-66-1 ♦ 24,80 €

Manja Präkels ♦ **Tresenlieder** ♦ Gedichte ♦ ISBN 3-936049-23-8 ♦ 10,80 €
Heinz Ratz ♦ **Der Mann der stehen blieb** ♦ 30 monströse Geschichten ♦ ISBN 3-936049-4445-9 ♦ 18,00 €
Heinz Ratz ♦ **Die Rabenstadt** ♦ Ein Poem ♦ ISBN 3-936049-27-0 ♦ 11,80 €
Heinz Ratz ♦ **Apokalyptische Lieder** ♦ Gedichte ♦ ISBN 3-936049-22-X ♦ 11,00 €
Heinz Ratz ♦ **Hitlers letzte Rede** ♦ Satire ♦ ISBN 3-936049-17-3 ♦ 9,00 €
Massoud Shirbarghan ♦ **Die Nacht der Heuschrecken** ♦ Roman aus Afghanistan ♦ ISBN 3-936049-30-0 ♦ 11,80 €
Nivi Shinar-Zamir ♦ **ABC der Demokratie** ♦ Demokratie-Erziehung für Kinder vom Kindergarten bis zur 6. Klasse ♦ 3-936049-61-0 ♦ 29,80 €
Oliver Steinke ♦ **Das Auge des Meerkönigs** ♦ Historischer Roman ♦ ISBN 3-936049-46-7 ♦ 14,00 €936049-29-7 ♦ 14,00 €
Oliver Steinke ♦ **Der Verrat von Mile End** ♦ Historischer Roman ♦ ISBN 3-936049-18-1 ♦ 14,00 €
Oliver Steinke ♦ **Füchse der Ramblas** ♦ Historischer Roman ♦ ISBN 3-936049-46-7 ♦ 14,00 €
Sulamith Sparre ♦ **Eine Frau jenseits des Schweigens** ♦ Die Komponistin Fanny Mendelssohn- Hensel ♦ ISBN 3-936049-60-2 ♦ 12,00 €
Sulamith Sparre ♦ **Denken hat kein Geschlecht** ♦ Mary Wollstonecraft (1759 – 1797), Menschenrechtlerin ♦ ISBN 3-93604-70-x ♦ 17,00 €
Katalin Stang ♦ **Freiheit und Selbstbestimmung als behindertenpädagogische Maxime** ♦ ISBN 3-9806407-5-2 ♦ 8,40 €
Leo Tolstoi ♦ **Libertäre Volksbildung** ♦ Herausgegeben und kommentiert von Ulrich Klemm ♦ ISBN 3-936049-35-1 ♦ 14,00 €
Rubén Trejo ♦ **Magonismus** ♦ Utopie und Praxis in der Mexikanischen Revolution 1910 – 1913 ♦ ISBN 3-936049-65-3 ♦ 17,00 €
Kurt Wafner ♦ **Ausgeschert aus Reih' und Glied** ♦ Mein Leben als Bücherfreund und Anarchist ♦ Autobiographie ♦ ISBN 3-9806407-8-7 ♦ 14,90 €
Kurt Wafner ♦ **Ich bin Klabund. Macht Gebrauch davon!** ♦ Biographie ♦ ISBN 3-936049-19-X ♦ 10,80 €
Lily Zográfou ♦ **Beruf: Porni [Hure]** ♦ Kurzgeschichten ♦ ISBN 3-936049-71-8 ♦ 16,00 €

Immer aktuell unter:
www.edition-av.de